Gerhard Schrick
Altlast
Kriminalroman

Uni**Scripta** Verlag
www.uniscripta.de

Zum Buch

Andreas Gerlach lebt mit seiner Frau Anna in Frankfurt am Main und genießt seinen Ruhestand. Ein Anruf seiner 97-jährigen Mutter bringt sein Leben durcheinander. Sie erzählt ihm vom nie aufgeklärten Mord an seiner Großtante Dora im Jahre 1964. Die Tante sei ihr kürzlich im Traum erschienen und habe gefordert, dass er die Tat aufklären solle.

Reine Fantasie, denkt Andreas Gerlach. Aber er wird neugierig und fährt an den Ort des Geschehens am linken Niederrhein. Seine Nachforschungen, die er ohne die Unterstützung der Polizei aufnimmt, stoßen auf unerwarteten Widerstand. Anonyme Drohungen, ein Brandanschlag und die Entführung seiner Frau sollen ihn dazu bringen, seine Recherchen einzustellen. Schließlich gerät er selbst unter Mordverdacht.

Wer steckt hinter all diesen Machenschaften? Wird Gerlach es schaffen, das Verbrechen nach so vielen Jahren aufzuklären?

Welche Lösung hält die Polizei bereit?

Der Autor wurde 1942 in Kamp-Lintfort am linken Niederrhein geboren. Er absolvierte eine technische Ausbildung im Steinkohlenbergbau des Ruhrgebiets – wie sein Vater und der Großvater. Später studierte er Soziologie sowie Volks- und Betriebswirtschaft. Abgeschlossen mit Diplom und Promotion. Berufliche Tätigkeiten in Forschung und Lehre sowie in der Wirtschaftspolitik. Fachveröffentlichungen. Lebte 40 Jahre in Berlin. Heute in Frankfurt am Main beheimatet. Verheiratet, drei Kinder.

Aus „einer Laune heraus“ nahm er an einer Veranstaltung der U3L der Goethe-Universität Frankfurt am Main zum „Kreativen Schreiben“ teil. Mit positivem Ergebnis: Seit dieser Zeit (2005) schreibt Gerhard Schrick Kurzgeschichten, Romane und Gedichte.

Gerhard Schrick

ALTLAST

Kriminalroman

UniScripta

1.. Auflage
UniScripta Taschenbuch 2011
edition ullrich

Umschlaggestaltung Thomas Gessner, Art Director
Druck und Herstellung: Offset- und Digitaldruck Lindemann,
Offenbach /Main
Printed in Germany
ISBN 978-3-942728-05-8

www.uniscripta.de

Für Anna-Elise, Edith und Wolfgang

Prolog

Auf dem Land sind die Nebel so dicht, dass sich alles den Blicken entzieht. Der Hof, die Scheune, der kurze Weg zum Stall.

Einsam ist es am linken Niederrhein. Kalt und abweisend die Natur. Keine Menschenseele wollte einst in diesem Sumpfland siedeln. Zisterzienser-Mönche machten das Land urbar.

Seit 40 Jahren bewirtschaftet Dora Duiffels dort ihren Hof. Zusammen mit Johann Trübenbach, dem Knecht.

Sie ist im Stall. Ihr Kleid, das sie sich aus Jutesäcken genäht hat, schützt nur notdürftig vor der Kälte. Eine alte Frau mit einem gekrümmten Rücken. Das Haar vom Schlaf zerzaust. Über den Hof fegt ein eisiger Wind. Aber im Stall ist es warm.

Sie füllt Eimer mit Futter für die 24 Schafe, die durch den Winter gebracht werden müssen. Dann geht sie zu den zwölf Kühen, um auch sie zu versorgen. Sonst kümmert sich Johann um das Vieh. Aber der ist nicht da.

Plötzlich hört sie ein Geräusch. Anders als das Blöken der Schafe, das Wiederkäuen der Kühe, anders als das Sausen des Windes. Ein fremdes Geräusch. Der Stall ist nur schwach erleuchtet. Von einer kleinen Lampe an der Tür. Sie kann kaum etwas erkennen. Ist Johann zurückgekommen? Sie dreht sich um, will wissen, woher das Geräusch kommt. Da ist der Täter schon hinter ihr. Sie spürt einen Schlag und sinkt zu Boden. Ihr wird schwarz vor Augen.

Draußen beginnt es zu schneien.

Der Berichterstatter

Jemand wurde ermordet. Das ist lange her. Genauer gesagt: Es war anno 1964. Meine Großtante Dora, die alle Tante Dora nannten, war das Opfer. Die Tat wurde nie aufgeklärt. Niemand hatte sich seither um die Sache gekümmert, nicht die Polizei und schon gar nicht jemand aus der Verwandtschaft. Dora Duiffels war vergessen. Wie kam ich auf die Idee, mich im Jahre 2008 mit dem Fall zu beschäftigen? Ich hatte mir für meinen Ruhestand tatsächlich vorgenommen, einen Krimi zu schreiben. Als neue Herausforderung, dachte ich mir. Aber, um es niederrheinisch auszudrücken, an die „alten Kamellen" aus meiner Heimat hatte ich dabei nicht gedacht. In Berlin, meinem Wohnsitz für vierzig Jahre, oder jetzt in Frankfurt am Main gab es genug spannende Verbrechen, über die ich hätte berichten können. Warum musste es ausgerechnet ein alter Fall vom linken Niederrhein sein?

„Das interessiert doch keinen Menschen mehr!"

So lautete das Urteil eines schreiberfahrenen Freundes. Vielleicht hätte ich auf ihn hören sollen. Waren es Heimatgefühle, Erinnerungen an meine Kindheit, die mich überwältigten? Keine Ahnung. Ich bin da einfach reingerutscht, ohne groß nachzudenken.

Hab ich mich eigentlich vorgestellt? Nein? Nun, ich heiße Andreas Gerlach und wohne mit meiner Frau Anna in Frankfurt am Main. Ich bin Ihr Berichterstatter.

Nachdem meine Wahl feststand, beging ich einen entscheidenden Fehler: Ich habe mich nicht darauf beschränkt, einen historischen Roman, also die Geschichte meiner Großtante in ihrer Zeit aufzuschreiben. Dabei hätte ich in aller Ruhe recherchieren können. Ich selbst wäre als „allwissender“ Erzähler außen vor geblieben. Wäre vielleicht auch spannend geworden, je nach der Qualität meiner Schreibkunst. Aber in meinem Größenwahn musste ich mich selbst in die Geschichte hineinbegeben. Weiß der Himmel, welcher Teufel mich geritten hat. Das heißt, ich habe versucht, den Fall wieder aufzurollen und ihn in die heutige Zeit zu holen. Diese Entscheidung hat mich Jahre meines Lebens gekostet (wie man so sagt). Aber jetzt ist die Geschichte für mich abgeschlossen. Ich schreibe nur noch den Endbericht auf, weil Gert mich darum gebeten hat und Sie als Leser Bescheid wissen. Zugegeben, es hat mich überfordert. Ich bin schließlich nicht mehr der Jüngste. Was hatte ich mir da nur zugemutet! Wenn ich vorher gewusst hätte, was mich erwartet…

Meine Frau Anna tut mir leid, dass ich sie hineingezogen habe. Und mein Freund Gert Stratmann hat die Geschichte auch nicht recht verkraftet. Besonders ihr Ende.

Sie wollen endlich wissen, was eigentlich passiert ist? Wenn nicht, auch gut. Ich berichte trotzdem. Aus therapeutischen Gründen. Die Ärzte haben mir dazu geraten. Am besten, ich berichte von Anfang an. Dann werden Sie besser verstehen, was ich bisher so dahergeredet habe. Ich bin leider immer noch ein wenig unkonzentriert.

Gestatten Sie mir ein Wort zum Aufbau meines Berichts: Ich habe ihn chronologisch verfasst, insoweit es Gerts beziehungsweise meine Handlungen betrifft. Eingefügt habe ich immer wieder Bilder aus Doras Leben, damit Sie sich eine Vorstellung von der Ermordeten machen können. Ich habe die Szenen nach den Schilderungen meiner Mutter frei gestaltet. Ich denke, das lockert die Sache ein wenig auf und dient dem Verständnis der Zusammenhänge.

Die Szenen aus dem Leben der niederrheinischen Mafia hat Gert Stratmann geschrieben.

Ich finde, er hat sie gut getroffen.

Ihr

Andreas Gerlach

Erinnerungen

An einem Tag im Juni 2007, das genaue Datum habe ich vergessen, telefonierte ich mit meiner Mutter. Einmal in der Woche war unser Gesprächstermin. Ich wusste, sie freute sich darauf.

„Guten Tag, lieber Andreas. Weißt du was? Ich hab schon wieder von Tante Dora geträumt."

„Hallo, Mama. Von Tante Dora, sagst du? Wer soll das denn sein?"

„Du kennst doch Tante Dora. Sie hat mir verraten, dass sie dich lieb hat."

„Aber Mutter. An eine Tante Dora kann ich mich nicht erinnern. Beim besten Willen nicht. Leg dich wieder hin, sonst erkältest du dich."

„Mach ich. Danke, dass du mir zugehört hast."

„Schon gut. Ich werde dich demnächst besuchen."

„Da freue ich mich. Grüß Anna von mir."

Tante Dora? Keine Ahnung! Meine Mutter mit ihren 97 Jahren überraschte mich immer wieder. Zwar funktionierte ihr Kurzzeitgedächtnis nicht mehr, dafür das Langzeitgedächtnis umso besser. Sie erzählte von Erlebnissen in ihrem Leben, die ihr jetzt in ihren Träumen wiederbegegneten. Waren sie wirklich geschehen?

Ich konnte es nicht nachprüfen. Bekannte und Verwandte ihres Alters gab es schon lange nicht mehr. Es war ihre Wahrheit. Der Arzt verwies auf ihre fortschreitende Demenz.

Am nächsten Tag dämmerte es mir. Der Bauernhof fiel mir ein. Das Vieh, die Wiesen, die Bäume, der Schmutz. Ich roch den Kuhmist und dachte an das Obst, das ich dort in der schlechten Zeit nach dem Krieg essen durfte. Ja, ich erinnerte mich an die Bäuerin. Alle nannten sie „Tante Dora." Das war lange her. Ich war damals nicht älter als sieben Jahre.

Was träumte meine Mutter? Waren es schlimme Erinnerungen, die nach Jahrzehnten wieder in ihr aufstiegen? So was sollte es ja geben. Die Sache beunruhigte mich und ich rief wieder an. Es verging eine Weile, ehe sie sich meldete.

„Ach Andreas, du bist es. Warum rufst du so selten an?"

„Aber wir haben doch erst gestern miteinander gesprochen."

„Gestern? Was war gestern?"

„Gestern war Donnerstag. Eine Frage: Was hat es mit Tante Dora auf sich?"

„ Eigentlich hieß sie Dorothea Duiffels. Sie war deine Großtante."

„Was ist mit ihr? Kannst du dich erinnern?"

„Die Arme ist erstochen worden. Die Polizei war auch schon da. Wer ihr Mörder ist, fragt sie. Du sollst ihn suchen."

„Ich? Wieso denn ich?"

„Weil du sie doch auch lieb hast und weil du alles erben wirst."

„Ich habe sie doch kaum gekannt. Außerdem ist sie schon lange tot. Da gibt es nichts mehr zu erben."

„Ich weiß auch nicht. So träum ich eben. Wir sitzen zusammen und trinken frische Milch. Dann bin ich glücklich wie in den alten Zeiten."

„Schöne Träume, Mutter. Beim nächsten Besuch reden wir darüber."

Altpapier

„Du musst auf unserm Dachboden suchen. Wer suchet, der findet.“

Die Sprüche meiner Mutter. Ich kannte sie alle. Sie gingen mir ein wenig auf die Nerven. Aber ich war doch neugierig, ob ich etwas über Tante Dora finden würde. Auf zum vergessenen Dachboden meiner Kindheit! Eine Reise an den linken Niederrhein.

Es dauerte einen ganzen Tag, bis ich das Papierbündel entdeckte, vergraben unter Stößen von Altpapier. Ich hätte den ganzen Kram schon vor Jahren entsorgen sollen. Und jetzt wühlte ich darin herum. Der Staub nahm mir den Atem.

‚Die Ermordung Doras im Jahre 1965‘ stand in großen, handgeschriebenen Lettern auf dem Bündel, das sorgfältig verschnürt worden war. Obenauf lag eine Art Tagebuch. Ich erkannte die Handschrift meiner Mutter und fand einen Zeitungsausschnitt mit dem Foto der Leiche. Von einer weißen Plane notdürftig verdeckt, lag sie neben einer Jauchegrube. Sie sei erstochen worden, stand da geschrieben. Nach Aussagen der Polizei stellte die Gerichtsmedizin zwei Einstiche in den Rücken und einige schwere Prellungen fest.

Anmerkungen waren an den Rand der Meldungen gekritzelt: „Die Polizei vertuscht doch nur“, „Dora ist selbst schuld. Ich hab‘s kommen sehen“, „Maria war’s“, „Johann ist jetzt ganz allein“. Die Tagebucheintragungen wurden mit der Zeit spärlicher. Die letzte Notiz lautete: „Zu den

Akten gelegt. Johann hat Selbstmord begangen. Damit hat alles ein Ende.“ Der Fall der Tante Dora war Geschichte - welches Interesse sollte jemand daran haben, ihn wieder aufzunehmen? Ich jedenfalls nicht!

Als ich den Stapel schon beiseitelegen wollte, fielen mir einige vergilbte Blätter auf, die etwas abseits auf dem Boden lagen. Ich nahm sie auf und erkannte zu meiner Überraschung meine eigene Handschrift. Notizen aus dem Jahr 1965, die hier gelandet waren. Hatte ich sie damals meinen Eltern geschickt? Ich konnte mich nicht erinnern. Es ging um Tante Dora. Alles war so merkwürdig klein, fast kindlich geschrieben. Ich wollte die Papiere später in Ruhe und bei besserer Beleuchtung lesen und steckte sie ein.

Doras Kindheit

Mit Vater, Mutter und elf Geschwistern lebte Dora im Jahre 1918 auf einem Einödhof. Jeden Tag ging sie den Weg in die Volksschule, die im Nachbarort lag. Morgens um fünf Uhr stand sie auf, um pünktlich zum Unterricht zu kommen. Wie viel Kilometer zu laufen waren, war ihr nicht bekannt. Sie wusste nur, dass sie den langen Weg wieder zurückgehen würde. Meist lief sie allein. Manchmal mit Geschwistern. Bei Regen, Nebel und Schnee, in der Hitze des Sommers. Anschließend arbeitete sie. Essen kochen, abwaschen. Melken und auf dem Feld helfen. Die zehn Hektar Ackerland reichten nicht, um alle zu ernähren. Deshalb arbeitete ihr Vater in der Fabrik. Manchmal in den Ferien durfte sie mit in die Stadt. Dort war alles so sauber und die Menschen auf der Straße waren freundlich zu ihr.

„Son nette Deern met so schöne Krölle!"

Sie errötete, sagte aber nichts und blickte zu Boden. Der Vater zog sie schnell weiter und nahm sich vor, das nächste Mal die Else mitzunehmen. Die fiel nicht so auf. Aber Dora war stolz, dass die Leute so über sie sprachen.

Zu Hause war sie die kleine Dora, die zu arbeiten hatte. Sie war fleißig. Ihre Geschwister halfen selten.

Mehrfach brannte der Hof ab. Die Ursachen wurden nie geklärt. Weil sie sich eine Versicherung nicht leisten konnten, nahmen sie Kredite auf, verschuldeten sich und zogen schließlich in eine kleine Kate. Zwei Zimmer und die Wohnküche. Der Vater schlief im Stall, in einem der Zimmer die Mädchen und die Mutter, in dem anderen die Jungen. Dora kümmerte sich um die Kleinen. Sie tat ihre

Pflicht. Dreizehn Jahre alt war sie damals.

Sie hatte sich heimlich verliebt. In Siegfried, der in die gleiche Klasse der Volkschule ging. Er war so stark und hatte blaue Augen, mit denen er Dora lächelnd anschaute. Er schrieb ihr immer etwas Liebes auf kleine Zettel und schob sie ihr zu. Sie schämte sich dafür, dass sie rot wurde.

Einmal wurde sie von der Lehrerin mit einem dieser Zettel erwischt. Zur Strafe erhielt sie zwölf Hiebe mit dem Rohrstock auf ihre Hände. Dabei brach ihr rechter kleiner Finger. Sie aber biss die Zähne zusammen und sagte nichts. Ihr Siegfried sollte sie nicht leiden sehen. Später würde sie ihn heiraten. Sie konnte es kaum erwarten. Ihr Finger wuchs nie wieder richtig zusammen.

Gegen Elisabeth konnte Dora nichts ausrichten. Die war immer fein angezogen. Ihre Eltern waren reich. Sie machte Siegfried schöne Augen. Nur so zum Spaß. Der fiel darauf herein. Er beachtete Dora kaum noch. Elisabeth triumphierte.

Dora würde Siegfried immer lieben. Kein anderer Mann bekäme bei ihr eine Chance. Elisabeth hatte ihn ihr weggenommen. Dora hasste sie. Es war ein Hass, der für ihr ganzes Leben reichte.

Ein vergessener Brief

„Andreas, komm doch mal. Was hast du denn da in deiner Tasche? Etwa einen Liebesbrief? Ich wollte die Hose gerade waschen."

„Einen Liebesbrief. Du machst Scherze", sagte ich zu meiner Frau Anna. „Ach ja, ich hab die Seiten auf Mutters Dachboden gefunden und schon wieder vergessen. Ich glaube, es geht um Tante Dora, eigentlich meine Großtante, die damals ermordet wurde. Ich hab' dir noch nie von ihr erzählt, oder?"

„Zeig mal. Das ist doch deine Schrift. Aber so kindlich. Was hast du da geschrieben? Lies bitte vor."

„Hab es selbst noch nicht gelesen. Du hast sicher recht: Kinderkram."

„Fang an und spann mich nicht auf die Folter."

Widerstrebend begann ich zu lesen. Zuerst laut, dann immer leiser. Es war mir peinlich. Aber sie wollte es hören:

„Habe heute erfahren, dass Tante Dora tot ist. Ermordet! Wie schrecklich! Hab sie lange nicht gesehen. Sie war diejenige, die uns in den Jahren nach dem Krieg geholfen hat. Wir waren arm und mussten hungern. Mutters Schwester hatte einen Lebensmittelladen, aber die gab uns nichts. Ich musste auf die Felder zum Kartoffellesen. Die wenigen, die ich fand, waren verfault. Aber sie wurden gegessen.

Wenn wir die 20 Kilometer mit dem Fahrrad zur Tante auf den Bauernhof fuhren, ich mit meinen sechs Jahren auf dem Gepäckträger meiner Mutter, dann war die Freude groß. Leider ging das nur im Sommer, bei guter Witterung.

Zu anderer Jahreszeit war der Weg zu beschwerlich. Zu viel

Wind und der dichte Nebel. Im Winter der Schnee. Man konnte auch überfallen werden. Zu oft durften wir ohnehin nicht kommen. Sonst fühle sich die Tante ausgenutzt, sagte Mutter.

Aber die Tante freute sich.

„Was ist der Junge wieder groß geworden. Aber so dünn, er muss kräftig essen", sagte sie auf Platt, das ich nicht verstand. Mutter musste übersetzen.

Und sie fügte hinzu: "Nur zu, Andreas! Die Birnen sind reif!"

Ich kletterte auf die Bäume, die voller Kirschen hingen oder voller Birnen, Äpfel, Pflaumen, Pfirsiche. Ich aß, bis mir der Bauch weh tat. Oder bis mir schlecht wurde. Oder beides. Dann ging ich in das Holzhaus mit dem Herzchen in der Tür, das neben der Jauchegrube stand. Ich setzte mich auf das Plumpsklo und beobachtete die vielen Fliegen. Den Geruch habe ich noch heute in der Nase. Es stank fürchterlich, aber ich fühlte mich gut. Irgendwie zu Hause, im warmen Nest."

Was hatte ich da nur geschrieben? Und warum und an wen? Ich konnte mich nicht erinnern.

„Soll ich wirklich weiterlesen?"

„Es ist doch nur noch eine Seite."

„Es fällt mir schwer. Aber einige Bilder kommen wieder. Einmal bin ich vor den Schlägen meines Vaters zu Tante Dora geflüchtet und hab mich in meinem Lieblingsbaum versteckt. Einen Tag lang war ich da oben. Schließlich hat mich der gute Johann heruntergeholt und auf sein Bett gelegt. Ich sehe die Szene noch deutlich vor mir. Mir ging es schlecht und er hat mich getröstet"

„Wer war Johann?"

„Johann Trübenbach war der Knecht. Er hat nur selten gesprochen. Als ich ihn einmal gefragt habe, was er früher gemacht hat, blickte er mich an, schüttelte den Kopf und wandte sich wortlos ab. Er wirkte traurig. Niemand kannte seine Vergangenheit. Ein geheimnisvoller Mensch."

„Also lies schon weiter. Ist doch gut, wenn du dich wieder erinnerst."

Ich fuhr fort, obwohl mir ein dicker Kloß im Hals steckte:

„Ich durfte die Kühe melken und Milch trinken. Alle Kühe hatten einen Namen. Eine hieß Andreas. Die mochte ich besonders gern, obwohl die Kuh kein Stier war. Aber sie gab Milch, das war viel wichtiger.

Leider haben wir nie bei Tante Dora übernachtet. Das wäre spannend gewesen. Vielleicht im Stall oder auf dem Heuboden. Sicher fehlte ihr der Platz oder sie war darauf nicht eingerichtet. Sie selbst schlief im Kuhstall auf einer Pritsche. Einmal auch in der Kammer von Johann. Ich habe sie hineingehen sehen, als wir spät am Abend heimfuhren.

Die Tante war immer freundlich, besonders zu uns Kindern. Ich erinnere mich an ein größeres Mädchen, Maria, die oft auf dem Hof war, die Tochter einer Schwester Doras. Sie gab bei uns den Ton an, denn sie kannte sich am besten aus. Ich kann nicht sagen, dass wir uns gut verstanden. Dafür war der Altersunterschied zu groß. Manchmal hatte ich den Eindruck, dass es ihr nicht passte, wenn uns die Tante etwas schenkte. Aber sie tat immer ganz freundlich. Das Sagen hatte ohnehin nur die Bäuerin. Sie entschied, wer etwas bekam und wer nicht.

Ich fühlte mich bei ihr geborgen. Ich war ihr kleiner Liebling. Gesagt hat sie es nie, aber ich hab es gefühlt. Der Hof war meine zweite Heimat, obwohl alles so schmutzig war. Die vielen Fliegen, die auf dem Esstisch saßen, werde ich nie vergessen. Dora selbst war auch ungepflegt. Sie trug keine richtigen Kleider, sondern zusammengenähte Jutesäcke. Aber das störte mich nicht. Die Erwachsenen redeten manchmal auf Dora ein, sie solle sich waschen und etwas Ordentliches anziehen. Die schüttelte nur den Kopf und ging ihrer Arbeit nach. Für mich war Tante Dora die gute Fee und ihr Bauernhof war das Paradies auf Erden.

Und jetzt ist sie ermordet worden - heimtückisch erstochen. Hoffentlich finden sie den Mörder bald. Das wünscht sich von ganzem Herzen

Euer Andreas."

Anna hatte Tränen in den Augen. Ich saß da und versuchte, mich zu erinnern.

„Ich hab so viel vergessen. Es klingt wie aus einem Tagebuch. Aber ich habe nie eins geschrieben."

„Du musst sehr traurig gewesen sein."

„Bei Tante Dora habe ich mich immer wohlgefühlt. Das erklärt den Brief. Wann habe ich ihn geschrieben? Wie kommt er zu den Unterlagen meiner Mutter? Keine Ahnung. Eine seltsame Geschichte."

Ich nahm die Blätter und starrte sie an. Was mochte damals in mir vorgegangen sein? An mein zweites Studiensemester konnte ich mich noch genau erinnern. Wintersemester 1964/65. Zwei Klausuren. Die Trennung von meiner damaligen Freundin. Aber dieser Brief?

„Frag deine Mutter. Vielleicht fällt ihr was ein."

„Das kann ich mir nicht vorstellen. Bei ihrem Gedächtnis."

„Wenn du manchmal, nach dem dritten Glas Wein, von früher redest, von dem Elend und den glücklichen Momenten deiner Kindheit, dann klingt das wie in diesem Brief."

„Kann sein, aber ich weiß es nicht mehr. Was also soll ich tun?"

„Schlaf drüber. Morgen ist auch noch ein Tag."

Familienfest

Gestern hatte er seinen Siebzigsten nachgefeiert. Am 15. Januar 2008, seinem eigentlichen Geburtstag, hatte er wichtigere Termine.

Alle waren sie da. Die alten Kumpel, mit denen er im Laufe der Jahre seine Geschäfte durchgezogen hatte. Hervorragende Spezialisten, auf die er sich verlassen konnte. Gemeinsam hatten sie den polizeilichen Ermittlern so manches Schnippchen geschlagen. Er war stolz auf seine Familie, wie er sie nannte.

Sogar der große Chef, der nur noch selten seinen Alterssitz auf Mallorca verließ, war angereist und hatte eine Rede mit dem Gestus des berühmten Paten gehalten: freundliche, lobende Worte, die ihm galten und unter die Haut gingen. Sie hatten viel miteinander erlebt.

Seine Frau hatte ihn mit kaltem Blick angeschaut. Ihre Hand auf seiner Schulter hatte so fest zugepackt, dass er beinahe aufgeschrien hätte. Ein Schaudern war über seinen Rücken gelaufen.

Es war ein kurzer Augenblick der Angst, den er, wie immer, mit einem Schluck aus dem Glas weggespült hatte. Dem Anlass gemäß war es Champagner gewesen. Weitere Gläser mit härteren Drinks waren gefolgt. Er hatte den Gästen zugeprostet und sich für die netten Gesten bedankt. Nachdem alle gegangen waren, hatte er allein im Wohnzimmer gesessen. Seine Frau war bereits zu Bett gegangen.

In der Nacht zuvor war er wegen eines Schwindelgefühls aufgewacht. Wie so oft in letzter Zeit. Er trank zu viel. Und da war diese Beklemmung, ein Druckgefühl in der

Brust und in seinem Kopf. Er war aufgestanden, hatte einige Atemübungen gemacht und sich das Gesicht kalt abgewaschen. Er hätte gerne mit seiner Frau über seine Ängste gesprochen. Aber die schlief in ihrem separaten Zimmer und wollte nicht gestört werden. Wem sonst hätte er sagen können, was ihn quälte?

Das Bild einer alten, krummen Frau verfolgte ihn. Viele Jahre hatte er nicht daran gedacht. Jetzt stand es ihm wieder vor Augen und raubte ihm den Schlaf.

Er sah eine hässliche Frau, das Gesicht mit Schmutz bedeckt. Sie lag vor ihm auf dem Boden und blickte ihn mit toten Augen an. Sie war ermordet worden. Bei den damaligen Verhören war nichts herausgekommen. Er war auch befragt worden. Danach hatte er die Alte vergessen.

Er war auf seine Geschäfte konzentriert. Die waren kompliziert und konnten schiefgehen. Er musste immer auf der Hut sein. Vor der Konkurrenz, der Steuerfahndung oder der Polizei. Manchmal waren sie ihm dicht auf den Fersen gewesen. Aber er fand immer einen Ausweg. Er musste Rücklagen bilden, um für den Fall vorzusorgen, dass sich seine Frau einmal von ihm trennen würde. Die hatte genug Geld. Aber das brauchte sie für sich. Mit der Zeit war sein Vermögen so angewachsen, dass er sich zur Ruhe setzen konnte. Seine Spielleidenschaft musste er ein wenig einschränken. Auf seine Frau aber war er nicht mehr angewiesen. Manchmal fragte er sich, warum sie noch zusammenblieben. Aus reiner Gewohnheit? Jedenfalls ging es ihm gut. Er war mit sich zufrieden.

Warum erschien ihm dann jetzt diese Frau, die ohnehin nicht mehr lange gelebt hätte? Ein dunkler Schatten aus seiner Vergangenheit.

Mein Traum

„Was ist los? Beruhige dich.“

„Lass mich schlafen.“

„Du hast so gestöhnt und mit den Zähnen geknirscht. Schlecht geträumt?“

„Ich glaube, Dora hat sich in meine Träume geschlichen. Ich erzähle es dir morgen. Ich geh erst mal duschen. Bin total durchgeschwitzt.“

Obwohl ich später wieder eingeschlafen war, fühlte ich mich am nächsten Morgen wie zerschlagen. Was hatte ich geträumt?

„Kannst du dich an nichts erinnern?“ fragte meine Frau beim Frühstück.

„Ich wollte es behalten, aber es ist mir entglitten. Ein Gefühl der Bedrohung. Es ging um Dora, das weiß ich genau.“

„Wenn du noch mal so was träumst, schreib es sofort auf. Oder sag es mir. Du kannst mich gerne wecken.“

„Hoffentlich passiert es nicht wieder.“

Aber der Traum wiederholte sich. Ich spürte eine zunehmende Beklemmung, wenn ich morgens aufwachte. Kein gutes Gefühl. Manchmal konnte ich etwas behalten und schrieb es auf. Nach einiger Zeit war ich imstande, einige Bruchstücke zusammenzufügen:

Zuerst tauchte Dora auf, wie ich sie von früher kannte. Sie hielt ein Kind an der Hand, deutete in eine dunkle Landschaft und sprach zu ihm.

„Hier läwne innet Meddelalder Räuber on Mörder. Als Geister

spooke sej on stefte tu Mord un Dootschlag on."

Als Dora sich umdrehte, sah das Kind ein Messer, das tief in ihrem Rücken steckte. Sie streckte ihm ihre blutigen Hände entgegen.

„Fend ma harütt, wer et gedoon hät."

Das Kind weinte, wollte der Tante sagen, dass es zu klein sei und zu schwach, um einen Mord aufzuklären. Ich erkannte, dass ich dieses Kind war.

Ich wachte auf. Konnte ich Anna meinen Traum zumuten? Starker Tobak. Aber ich brauchte ihren Zuspruch. Sie schaute mich erschrocken an, als ich ihn erzählte.

„Das ist ja furchtbar. Wir müssen überlegen, wie du das wieder los wirst", sagte sie.

„Gibt es dagegen keine Tablette?"

„Gegen schlechte Träume? Kann ich mir nicht vorstellen. Aber Yoga, Meditation, Psychotherapie. Das wären meine Ideen. Oder geh zum Arzt."

„Das ist die Umstellung", sagte der Arzt. „Das ganze Leben gearbeitet und jetzt im Ruhestand. Da schlafen die Leute schlecht und träumen viel. Ich verschreibe Ihnen ein leichtes Beruhigungsmittel. In zwei Monaten sehe ich Sie wieder. Ich wette, dann ist Ihr Traum vergessen."

Entschluss

Der Rat des Arztes war sicher gut gemeint, zeigte aber keine Wirkung. Die Unruhe blieb. Vielleicht wäre es besser, sich mit Doras Tod auseinanderzusetzen, wenn ich schon davon träumte. Dabei dachte ich allerdings nicht an eine Psychotherapie oder Ähnliches, sondern daran, die Hintergründe ihrer Ermordung vor Ort zu erkunden. Das lag mir mehr und eine kleine Ablenkung in meinem Ruhestand wäre auch nicht schlecht. Genügend Zeit hätte ich ja. Vielleicht war das ein Weg, sich von den lästigen Träumen zu befreien.

So dachte ich damals. Aus heutiger Sicht eine verrückte Idee. Im wahrsten Sinne des Wortes. Ich hätte mich, wie ich schon sagte, auf die Sichtung der Dokumente beschränken und einen historischen Roman schreiben sollen.

Beim nächsten Besuch zeigte sich, dass meine Mutter bereits mit anderen Themen beschäftigt war. Sie träumte jetzt von ihrer glücklichen Kindheit. Meine Fragen zur Ermordung Tante Doras blieben unbeantwortet. Also hinauf auf den Dachboden.

In alten Zeitungsmeldungen wurden die Namen einiger Zeugen genannt. Ich musste herausfinden, ob die bezeichneten Personen noch lebten und für mich zu sprechen waren. Vielleicht enthielt das Tagebuch zusätzliche Informationen, die es ermöglichten, Doras Leben und mögliche Ursachen ihres Todes zu rekonstruieren. Meine Mutter war wirklich fleißig gewesen und hatte eine Menge aufgeschrieben, wie ich beim ersten Durchblättern sah.

„Ich denke, ich nehme mir eine Auszeit. Vielleicht bekomme ich heraus, was es mit ihrem Tod auf sich hatte. Was meinst du, Anna?"

„Eine gute Idee. Wenn du nur nicht Polizist spielst. Sag einfach, du schreibst an deiner Familiengeschichte. Vielleicht haben einige Leute Dora noch gekannt. Ich finde es Klasse, dass du etwas unternehmen willst."

Ich fragte bei der zuständigen Staatsanwaltschaft schriftlich an, was aus dem Mordfall Dorothea Duiffels geworden sei, ob die alten Spuren in jüngster Zeit noch einmal untersucht worden waren und ob sich dabei vielleicht etwas Neues ergeben habe.

„Kann doch nicht schaden, oder? Ob die antworten? Die Mühlen der Bürokratie mahlen langsam."

Ich musste Geduld haben. Einen Monat wartete ich vergeblich auf eine Antwort der Behörde.

„Ich schicke eine Mail an die Polizei, dass ich demnächst vorbeikomme. Ich hab doch wohl das Recht, die Geschichte meiner Familie zu erforschen."

Auf die Fahrt an den Niederrhein freute ich mich. Eine Rückkehr in meine alte Heimat, abgesehen von den Stippvisiten bei meiner Mutter. Und ich hatte wieder eine Aufgabe. Ich sah dem, was da kommen würde, optimistisch entgegen. Meine Frau fand mich mutig und ich war stolz.

„Du wirst es schon schaffen. Ich denke, es wird ein richtiges kleines Abenteuer."

Johann, der Knecht

An einem Tag im Mai 1925 stand Johann Trübenbach auf ihrem Hof. Er stand da und rührte sich nicht. Dora blieb im Haus und beobachtete ihn. Sie waren zusammen zur Schule gegangen. Ein merkwürdiger Mensch. Und gestottert hatte er auch. Manchmal tuschelten die anderen Mädchen, dass er Dora mochte. Woher die das wussten. Es war ihr egal. Er hatte nach der Schule bei einem Verwandten in Bayern Schmied gelernt und sie war zu Hause geblieben, um den Eltern zu helfen. Sie verlor ihn aus den Augen. Sie hatte Wichtigeres zu tun.

Als ihre Eltern starben, musste sie den Hof übernehmen. Die anderen Geschwister waren auf und davon. Sie allein war geblieben und hatte geschuftet, von morgens bis spät in die Nacht. Nach einigen Jahren konnte sie sich ein richtiges Bauernhaus bauen lassen. Und sie hatte Land gekauft. Sie dachte daran, sich nach einer Hilfe umzusehen. Alleine war die Arbeit kaum mehr zu schaffen.

Jetzt stand Johann da. Ein kräftiger Kerl. Sicher konnte er gut zupacken. Er würde einen guten Knecht abgeben. War er nicht Schmied? Die Maschinen wären bei ihm in guten Händen.

Sie öffnete die Tür und fragte, was er von ihr wolle.

„Kass do enne Knech gebrukke?"

Er stotterte nicht mehr. Hatte eine tiefe, wohltönende Stimme. Was war ihr da unverhofft ins Netz gegangen? Vorsichtig machte sie die Tür weiter auf.

Er sah sie an. Noch schöner geworden, dachte er. Das

blonde Haar, das zu einem Pferdeschwanz gebunden war. Eine kräftige Figur, stolz und aufrecht. Er konnte ihrem Blick kaum standhalten. Ein unerklärliches, seltsames Gefühl nahm ihm den Atem.

„Wes do bei mej anfange?"

Er konnte sein Glück kaum fassen. Nichts hatte er sich sehnlicher gewünscht. Er würde immer bei ihr sein. Ja, ja wollte er laut herausrufen, aber seine Stimme versagte.

Schließlich brachte er ein heiseres „ek mak et" heraus.

„Wej sind also innet Geschäff? Gäw mej din Hand dropp!"

Sie gab ihm die Hand und er wollte sie nicht mehr loslassen.

"Lass, Johann", sagte sie und ging zum Stall.

In der ersten Zeit versuchte Johann, seine Gefühle zu unterdrücken und sich auf seine Arbeit zu konzentrieren. Es gelang ihm nicht. Er träumte von ihr. Jede Nacht und auch am Tag. Er war jung und kräftig, sein Körper verlangte nach ihr.

Sie aber blieb kalt. Vielleicht würde sich durch ihr Zusammenleben unter einem Dach etwas ändern. Er fühlte ihre körperliche Nähe. Aber er wagte nicht, sie zu berühren. Dora spürte sein Begehren. Es schmeichelte ihr und manchmal überkam sie das Verlangen, ihm nachzugeben. Sie rief sich zur Ordnung, denn der Hof war ihr das Wichtigste und für irgendwelche Liebeleien hatte sie keine Zeit.

Seine Zuneigung war ihr nützlich. Ein liebender Mann tat alles für seine Angebetete. Das hatte sie irgendwo gelesen. Und so verhielt sich Johann: Er arbeitete tüchtig, half ihr nach Kräften und verlangte nichts. Das ihm zugesagte Taschengeld geriet in Vergessenheit. Dora steckte es in ihren Sparstrumpf. Manchmal lobte sie ihn. Dann wurde er verlegen, wich ihrem Blick aus und wandte sich wortlos ab.

Eines Nachts stand er vor ihrer Pritsche im Stall. Sie schlief gerne bei den Tieren.

„Johann, bös du dat? Watt wes du van mej?"

„Ek well blos bej dej sin".

Dora antwortete nicht, aber ihr wurde plötzlich bewusst, wie lange sie schon einsam war. Sie sehnte sich nach Zärtlichkeit. Johann spürte ihr Verlangen. Er kniete sich vor sie. Sie hatte Angst. In der Dunkelheit des Stalles sah sie seinen Schatten. Sie roch seinen männlichen Körper, wollte ihn wegschicken, aber eine seltsame Kraft hielt sie davon ab. Als er begann, sie zu streicheln, wehrte sie sich nicht. Er war so sanft.

Er zog ihr die Decke weg und sie ließ es geschehen. Sie lag da, schämte sich und sehnte sich doch nur danach, berührt zu werden. Sie drängte sich ihm entgegen, fühlte die Glut, die in ihr aufstieg. Den Schmerz ihrer Entjungferung spürte sie kaum. Sie war voller Lust und Johann war glücklich.

Er wollte für immer bei ihr bleiben.

Dora würde Johann niemals so lieben wie damals ihren Siegfried. Er blieb für sie ein Freund, mit dem sie gelegentlich schlief. Sie konnte sich nicht zur Liebe zwingen. Er ahnte ihre Entscheidung, aber es machte ihm nichts aus. Er würde damit leben.

Kommissar Jansen

„Guten Tag, Herr Gerlach. Mein Name ist Jansen. Bitte setzen Sie sich."

Der Kommissar musterte mich mit kritischem Blick.

„Sie sind eine Stunde zu spät. Wir haben also wenig Zeit. Heute ist der 1. Februar. Der Karneval beginnt und ich habe gleich einen Einsatz."

Ich entschuldigte mich.

„Ich hatte gedacht, ich kenn mich am Niederrhein noch aus. Hab mich aber verfahren."

Er könne mir die Akte doch einfach mitgeben, sagte ich vielleicht etwas zu kess. So wäre Zeit gewonnen.

„Sie wollen die Unterlagen also gleich mitnehmen? Uns bei der Aufklärung helfen, wie? Sind Sie zufällig Rechtsanwalt? Nein?"

Jansen schaute ungeduldig auf seine Uhr.

„Warum interessieren Sie sich überhaupt für den Mordfall? Das Ganze ist 43 Jahre her."

„Ich möchte den Fall gerne näher untersuchen. Ich hatte mir für den Ruhestand vorgenommen, die Geschichte meiner Familie aufzuschreiben. Bei den Recherchen bin ich auf die Mordsache Dorothea Duiffels gestoßen. Sie war meine Großtante."

„Näher untersuchen? Wie kommen Sie darauf? Für uns ist die Sache längst abgeschlossen. Wir haben Wichtigeres zu tun. Sie meinen, Sie könnten besser ermitteln als die Profis von der Polizei?"

„Auf keinen Fall. Ich will Ihnen doch nicht Ihre Arbeit abnehmen. Ich verstehe mein Projekt als literarischen Versuch. Ausgehend von dem, was Sie ermittelt haben, möchte ich aufschreiben, wie es gewesen sein könnte."

„Mein Vorgänger, der tüchtige Kollege Versteegen, der leider schon verstorben ist, hat sich seinerzeit gründlich und abschließend mit dem Fall beschäftigt. Mehr ist dazu nicht zu sagen."

Er lächelte müde und blickte zum Fenster hinaus.

„Es ist leider nicht möglich, Ihnen die Unterlagen zu überlassen", sagte er. „Die Staatsanwaltschaft hat entschieden, dass die Ermittlungsakten unter Verschluss bleiben und mündliche Auskünfte nicht gegeben werden. Neue Erkenntnisse müssen Sie uns übrigens unverzüglich mitteilen, falls Sie welche finden sollten."

Ob es in neuerer Zeit eine DNA-Untersuchung gegeben habe, fragte ich, zwischen Resignation und aufkeimendem Zorn schwankend.

„Kein Kommentar. Und nun: Viel Glück für Ihr Unterfangen und einen schönen Tag."

Jansen schob seinen Stuhl zurück und stand auf. Ich verzichtete darauf, mich förmlich zu verabschieden.

Was es für komische Leute gibt, hörte ich den Kommissar murmeln, bevor ich die Türe geschlossen hatte. Das war Absicht. Ich sollte das hören. Die Polizei, dein Freund und Helfer. Helau und Alaaf!

Sorgen einer Seilschaft

Musste das sein? Im Februar 2008, nach 43 Jahren, kam jemand daher, der vorgab, eine Geschichte über das Leben und Sterben der Dora Duiffels zu schreiben. Schöne Freizeitbeschäftigung im Alter. Behauptet, sie sei seine Großtante gewesen.

War das wieder einer, der den Erpresser spielen wollte? Es wäre nicht das erste Mal. Er hätte keine Chance. Zusammenhalten wie Pech und Schwefel – das hatten sie sich geschworen. Wie die alten Kämpfer, die versteckt in den niederrheinischen Sümpfen gelebt hatten und nie gefangen wurden.

Immer in Deckung bleiben war ihr Motto. Da konnte dieser Herr mit seiner Nase noch so tief schnüffeln. Vielleicht war er auch ein Bulle vom Bundeskriminalamt, der sich profilieren wollte.

Oder er schrieb eine Doktorarbeit. „Über die praktische Anwendung moderner Untersuchungsmethoden bei der Kriminalarbeit. Am Beispiel des Mordfalles Dorothea D." Lächerlich! Er würde keine Chance haben, an das Material heranzukommen.

Wie hieß der übrigens, Andreas Gerlach? Der Name kam ihnen bekannt vor. War der schon einmal hier aufgetaucht?

Sie hatten immer alles im Griff gehabt. Das sollte auch so bleiben. Die Schwätzer waren schon lange tot. Die Harten hatten überlebt und standen zusammen.

Außerdem – was sollte passieren? Der tüchtige Kommissar Versteegen hatte damals alles gründlich untersucht.

Er hatte sogar jemanden verhaftet. Ein armes Schwein, einen Landstreicher. Jeder wusste: Der war unschuldig. Aber der Kommissar hatte seine Pflicht getan. Nach 14 Tagen war der Kerl wieder draußen, aus Mangel an Beweisen. Danach verschwand der Landstreicher und ward nicht mehr gesehen. Wahrscheinlich längst abgekratzt.

Versteegen hatte damals alles penibel dokumentiert. Auch die Generalerbin, der er schwer zugesetzt hatte, wurde schließlich nicht weiter verfolgt. Der Fall wanderte zu den Akten. Ihre Seilschaft hatte funktioniert.

Und nun kam dieser Wichtigtuer und versuchte, sich einzumischen. Nach so langer Zeit. Das war und blieb ihr Geschäftsbereich, zu dem ein Fremder keinen Zutritt hatte. Sie mussten ihm eine Warnung geben, ihm ein wenig Angst machen. Wie damals der Dora.

Für Polizei und Staatsanwaltschaft war der Fall abgeschlossen. Gut so, Jungs! Aber das Getuschel. Die Presse würde sich womöglich drauf stürzen.

Dieser feine Herr Gerlach würde sich wundern, auf was er sich da eingelassen hatte.

Warnung

Sollte ich schon nach den ersten Schwierigkeiten aufgeben? Was würde Anna von mir denken? Und die Freunde in Frankfurt, denen ich von meinem Vorhaben stolz berichtet hatte? Also am Ball bleiben. Ich würde es dem Kommissar zeigen.

Was war als Nächstes zu tun? Ich kannte die Namen, die meine Mutter in ihr Notizbuch geschrieben hatte. Sie hatte jeweils dazugeschrieben, was sie von den Menschen wusste oder zu wissen glaubte. Mit diesen Leuten wollte ich sprechen.

Da war zunächst Maria Leffers, Doras Nichte, die alles geerbt hatte. Und Josef Leffers, der Mann von Maria, ein Rechtsanwalt. Dann der Pfarrer, der 1964 sein Amt angetreten hatte. Vielleicht war er immer noch der Seelsorger des Ortes.

Der Ex-Makler Franz Heisters, dessen Name genannt wurde (zweimal unterstrichen!), könnte noch auf Mallorca leben. Er hatte den Verkauf von Doras Land organisiert und kräftig daran verdient. Vielleicht könnte ich ihn aufsuchen.

Franziska, ehemals Magd auf Doras Hof, war, wie meine Mutter notierte, in die USA ausgewandert. Ob ich sie dort erreichen konnte? Ihren Nachnamen habe ich erst später erfahren.

Und wo war der Landstreicher geblieben, den die Polizei zunächst verhaftet hatte? Man hatte ihm nichts nachweisen können und ihn freigelassen.

Ein großes Programm!

Dora könne mich ja in meinen Träumen spirituell unterstützen, sagte Anna. Ich konnte zwar jede Hilfe gebrauchen, aber das war mir doch zu abgehoben. Ich war nicht sicher, ob meine Frau es ernst meinte, wenn sie mir ihre esoterischen Hinweise gab. Manchmal nahm sie mich mit ihnen auf den Arm, weil sie wusste, dass ich davon nichts hielt. Doch meine Träume waren noch immer da. Sie erinnerten mich an frühere Erlebnisse, enthielten aber keine Botschaften. Dachte ich jedenfalls.

Ich fuhr aufs Land, dorthin, wo Doras alter Bauernhof lag. Die alten Karten hatte ich genau studiert. Jetzt war dort alles zugebaut. Eine kleine Gemeinde war entstanden. Von dem ehemaligen Hofgebäude war nichts mehr zu sehen. Kein Wunder, dass damals viele scharf drauf gewesen waren, Doras Land zu kaufen.

In der Nähe dieses Ortes fand ich eine preiswerte Pension.

Anna berichtete mir per Handy, dass ein Brief von der Staatsanwaltschaft eingetroffen war. Darin wurde bestätigt, dass ich keinen Zugang zu den Akten erhielte und dass es zwecklos sei, sich in dieser Angelegenheit nochmals mit Fragen an die Polizei zu wenden. Eigene Recherchen könne man mir nicht verbieten. Jedoch seien diese mit größter Zurückhaltung und Rücksicht gegenüber etwaigen Zeugen durchzuführen. Würde ich mich nicht daran halten und zum Beispiel mögliche Informanten nötigen, würde dies als unzulässige Einmischung gewertet und geahndet werden.

Nach dem Gespräch mit Kommissar Jansen hatte ich nichts anderes erwartet.

Nach dem Abendessen fragte ich die Pensionswirtin, ob ich ihren Internetanschluss benutzen dürfe, denn ich wollte gewohnheitsmäßig nach meinen E-Mails sehen. Das sei kein Problem, sagte sie und führte mich in ihr Büro, gleich hinter dem Tresen.

Eine Nachricht fiel mir auf. Ohne Anrede stand da: „Warnung!“ Der beigefügte Text jagte mir einen Schreck ein. Ich konnte nicht glauben, was ich da las.

An den Schnüffler!

Wenn du meinst, du könntest bei uns den verdeckten Ermittler spielen, hast du dich getäuscht.

Du wühlst nur Unrat auf, der schon längst vermodert ist.
Willst du uns erpressen? Wir warnen dich. Lass dich nicht mehr hier sehen und bleib in Frankfurt bei deiner Frau. Es wäre doch schade, wenn ihr etwas zustoßen würde.

Ruhe bewahren und tief durchatmen, dachte ich. Nur keine Panik!

Ganz gelang mir das nicht. Ich versuchte, einen klaren Gedanken zu fassen. Woher kannte der Schreiber meine E-Mail-Adresse? Etwa von Jansen? Außer ihm hatte ich sie niemandem gegeben.

„Willst du nicht lieber die Sache beenden und nach Hause kommen? Ich habe Angst um dich“, sagte Anna.

Ich war hin- und hergerissen. Vielleicht hatte sie recht. Oder war die Mail nur ein Bluff? Schließlich siegte mein sportlicher Ehrgeiz. Augen zu und durch. Hoffentlich würde das gutgehen.

Ich setzte meine Recherchen fort.

Ich leitete die E-Mail an Kommissar Jansen weiter und bat ihn, die Drohung ernst zu nehmen und vor allem Anna zu schützen. Außerdem erstattete ich Anzeige gegen Unbekannt.

Als ich abends im Bett lag, zitterte ich am ganzen Körper. Mir war kalt und ich fürchtete mich. Ich schloss die

Augen und versuchte, mich zu beruhigen. Es war doch nur ein Abenteuer. Es kostete Nerven, aber es hielt mich vielleicht auch jung. Gleich morgen wollte ich Familie Leffers anrufen, um einen Gesprächstermin zu vereinbaren.

Die Informantin

„Sie möchten etwas über Dorothea erfahren?", fragte die Pensionswirtin am nächsten Morgen.

Eigentlich wollte ich in Ruhe frühstücken. Nach dem gestrigen Geschehen hatte ich keine Lust auf ein Gespräch. Aber ich wollte nicht unhöflich sein.

„Wie kommen Sie darauf?"

„Eine Nachbarin hat es gehört. Von wem, weiß ich nicht. sie hat's mir erzählt, weil sie gesehen hat, dass Sie sich bei mir ein Zimmer nehmen. Aber ich will Sie nicht stören."

Ich fragte mich, woher die Nachbarin mich kannte. War inzwischen ein Bild von mir veröffentlicht worden? Hatte Jansen ein Foto von mir bereits überall herumgezeigt?

„Ist schon gut. Ich bin nur ein wenig müde. Wissen Sie denn etwas?"

„Ich habe Dora noch persönlich gekannt."

„Wie bitte?"

„Ja, wirklich. Ich war damals ein Kind. Aber ich kann mich gut erinnern. Meine Mutter war mit ihr befreundet. Sie hat ihr gelegentlich auf dem Hof geholfen. Zuletzt ja nicht mehr. Da ging alles drunter und drüber. Mutter hat immer gesagt, dass sie sich nicht wundern würde, wenn etwas Schlimmes passiert. Aber dass es so schlimm kommt, hat sie wohl nicht gedacht."

„Haben Sie das der Polizei gesagt?"

„Die haben uns nie gefragt. Damals nicht und später nicht. Die haben nur kurz untersucht. Danach haben wir nichts mehr gehört und gesehen. Wir haben uns unseren

Teil gedacht. Vater hat überlegt, ob er Anzeige erstatten soll, aber es war ihm zu gefährlich."

„Hatten Sie jemanden in Verdacht?"

„Ich weiß nicht, ob ich Ihnen das erzählen soll. Das bringt nur Unglück. Dass Sie eine Familiengeschichte schreiben wollen, finde ich toll. Möchte ich auch gerne mal probieren."

„Ist ein spannendes Projekt. Man ist für jeden Tipp dankbar."

„Sie wissen nicht, auf was Sie sich da einlassen! Seien Sie bloß vorsichtig! Die Polizei hatte Maria, die spätere Alleinerbin, in Verdacht. Aber ich glaub' nicht, dass die es war. Es stand zunächst auch nicht fest, ob sie erben wird. Einmal hat Dora auch von einem entfernten Verwandten geredet. Ein lieber Junge sei das und so klug, sagte sie. Der sollte alles bekommen. Sie wusste nicht, was sie wollte. Zuletzt war sie nicht mehr ganz richtig im Kopf."

„Sie kennen den Namen des Jungen?"

Sollte ich etwa dieser Junge gewesen sein? Was mir immer einfiel, wenn andere Leute redeten. Kleine Scherze für mich allein. Jeder wünscht sich doch manchmal den großen Lottogewinn, oder? Ich sollte ihr aufmerksamer zuhören.

„Keine Ahnung", fuhr sie fort. „Hab ihn nie gesehen. Ich glaube, dass die Bauspekulanten für die Tat verantwortlich waren. Das größte Geschäft hat Franz Heisters gemacht, wie alle sagen. Er war damals Immobilienmakler und soll eine Affäre mit Dora gehabt haben."

„Eine Affäre? Meine Tante ist doch mit dem Johann zusammen gewesen."

„Ich sage ja nur, was die Leute so erzählen. Ich rede mich noch um Kopf und Kragen. Gehen Sie zum Pfarrer, wenn Sie die ganze Geschichte hören wollen."

„Danke für den Tipp. Haben Sie übrigens meine E-Mail-Adresse weitergegeben, die ich in meiner Anmeldung eingetragen hatte?“

„Lassen Sie mich nachdenken. Ja, das stimmt. Da war ein freundlicher junger Mann, der Ihnen unbedingt helfen wollte. War das falsch?“

“Könnte man sagen, gute Frau.“

Ich verzichtete darauf, ihr das näher zu erklären.

Ratschläge

„Sie sollten die Sache auf sich beruhen lassen. Ich habe Ihnen doch gesagt, dass unsere Untersuchungen nichts ergeben haben und abgeschlossen sind. Sie machen die Leute nervös und Ihre Frau sorgt sich."

Der Kommissar hatte mich bereits am nächsten Tag wieder zu sich gebeten.

„Haben Sie mit ihr gesprochen?"

„Nein. Aber ich gehe davon aus, dass Ihre Frau erleichtert wäre, wenn Sie zurückkämen."

„Im Gegenteil, sie rät mir, weiterzumachen. Wenn Sie mir die Ermittlungsakten zur Einsicht geben würden, wäre ich sofort weg."

„Das liegt nicht an mir, das wissen Sie. Ich würde sie Ihnen gerne geben, schon deshalb, um die Sache abzukürzen."

„Nehmen Sie die Drohung ernst?"

„Sie etwa nicht? Sie haben doch eine Anzeige aufgegeben, oder? Also ermitteln wir. Übrigens, ist Ihre E-Mail Adresse gelöscht?"

„Habe ich sofort erledigt. Meinen Sie, dass die Warnung in direktem Zusammenhang mit dem Mord steht?"

„Das glaube ich nicht. Aber Ihre Recherchen stören offensichtlich. Wir werden sehen. Ich werde Sie auf dem Laufenden halten, wenn Sie wieder in Frankfurt sind."

„Das eine oder andere Gespräch habe ich noch verabredet."

„Nehmen Sie das Ganze nicht auf die leichte Schulter. Ich warne Sie. Sie handeln auf eigene Verantwortung."

„Rollen Sie Doras Fall wieder auf?“

„Das kann ich mir nicht vorstellen. Aber beruhigen Sie sich. Ich denke, dass wir den Verfasser der E-Mail schon kennen.“

„Da bin ich aber gespannt. Näheres können Sie nicht sagen?“

„Nein. Jetzt entschuldigen Sie mich. Und denken Sie daran: Wenn Sie zufällig etwas Neues erfahren, wissen Sie ja, dass Sie mir das sofort melden müssen. Es geht schließlich immer noch um Mord.“

Wollte er mich loswerden oder machte er sich ernsthaft Sorgen?

Mutters Gedächtnis

Nach dem Gespräch mit dem Kommissar rief meine Mutter an. Das war eine seltene Überraschung, denn sie hatte Schwierigkeiten, die Ziffern auf dem Telefon zu erkennen.

„Du hast mir doch von dem Brief erzählt, den du zum Tod von Tante Dora aus Berlin geschrieben hast. Erinnerst du dich?"

War ihr etwas dazu eingefallen? Nicht anzunehmen. Sie vergaß doch sonst immer alles. Hatte sie davon geträumt?

„Na klar, Mama, soll ich ihn dir noch mal vorlesen?"

„Du denkst, ich hab ihn vergessen. Irrtum! Diesmal nicht. Ich kann ihn auswendig."

Und sie begann, den Text des Briefes aufzusagen. Wort für Wort, Zeile für Zeile. Ihre alten Schulgedichte pflegte sie in dieser Weise zu rezitieren. Zum Erstaunen des Publikums, das sie immer wieder für ihre Auftritte fand. Mir war das jedes Mal peinlich, wenn ich dabei war.

„Da staunst du, mein lieber Andreas. Plötzlich war der Brief wieder da, vor meinem geistigen Auge. Ich hatte mich ein wenig hingelegt, um mich auszuruhen. Ich habe an früher gedacht, an dich, dass du nach Berlin gegangen bist und wie traurig ich darüber war."

„Und was hatte es mit dem Brief auf sich, dass du ihn dir so gut gemerkt hast?"

„Weshalb du ihn geschrieben hast, weiß ich nicht. Mir ist nur eingefallen, dass er eines Tages in unserem Briefkasten lag. Jemand aus Berlin hatte ihn geschickt und einen Zettel dazugelegt. Es ginge dir nicht gut, stand da. Du hättest eine Beule am Kopf, die blutete. Zum Arzt wolltest du aber nicht. Du seist verwirrt und wüsstest nicht, wo du in den Tagen zuvor warst. Aber langsam gehe es dir körperlich besser. Es sei nicht nötig, zu kommen. Den Brief hättest du in deiner Hand gehalten und eindringlich gebeten, ihn uns zu schicken."

„Du hast dir aber auch alles gemerkt. Wie ist er dann auf dem Dachboden gelandet?"

„Ich habe ihn gelesen und lange aufbewahrt, weil er mich an früher erinnert hat. Er war so geschrieben, wie du als Kind geredet hast. Richtig schön. Ich hab ihn manchmal in meinem Kränzchen vorgelesen. Die Damen waren immer sehr ergriffen. Schließlich kannte ich ihn auswendig. Jahrelang lag er in meinem Nachttisch. Irgendwann muss ich ihn aussortiert haben."

Den Damen hatte sie meinen Brief vorgelesen. Typisch Mutter. Sie hatte sich bestimmt nichts dabei gedacht.

„Und du bist dir ganz sicher, dass du die ganze Geschichte nicht doch geträumt hast?"

„Ja, mein Sohn. Ich weiß, dass ich viel vergesse, aber manchmal gibt es lichte Momente. Ich staune selbst. Mach was draus."

Doras Erfolge

Im Jahr 1929 ging es vielen Menschen schlecht, aber Doras Geschäft blühte. Die Leute vom Dorf liefen ihr die Bude ein und wollten für sie arbeiten. Was die sich einbildeten, diese Schwächlinge. Manchmal gab sie ihnen etwas Milch, Brot oder einige Eier. Aber nur im Tausch. Sie besaß schon eine kleine Sammlung Uhren und Schmuck. Geld war nichts mehr wert.

Fremde aus der Stadt schickte sie wieder weg. Die hatten nicht viel anzubieten. Sollten die doch sehen, wo sie blieben.

Die Weltwirtschaftskrise war ein Glück für sie. Lebensmittelhändler rissen sich um ihre Waren. Sie kam mit der Produktion kaum nach. Aber sie schaffte es.

Andere Bauern gingen in Konkurs. Die hatten vor der Krise Land auf Kredit gekauft und konnten die Raten nicht mehr bezahlen. Bei den Versteigerungen erwarb sie deren Land und Maschinen zu guten Preisen.

Manche nannten sie geizig und meinten, sie profitiere vom Elend der anderen. Aber das Getratsche im Dorf war ihr egal.

Neuerdings zerrissen sie sich die Mäuler, weil Siegfried sie besuchte. Er habe seine Arbeit verloren und seine Ehe mit Elisabeth sei gescheitert, erzählte er ihr.

Die hatte ihn doch nie verstanden. Scheiden lassen könne er sich natürlich nicht, sagte er, denn im Dorf müsse man den Schein wahren. Das würde Dora sicher verstehen.

Ja, das verstand sie. Und Klatsch würde es sowieso geben. Sie hatte sich daran gewöhnt und war glücklich, dass sie ihn endlich bei sich hatte. Siegfried kam immer öfter zu ihr.

Sie sah, dass es Johann nicht leicht fiel, ihren neuen Liebhaber zu ertragen, obwohl er, wie immer, nichts sagte. Er wusste, auf was er sich mit ihr eingelassen hatte. Sie hatte es ihm nie verschwiegen. Aber manchmal wunderte sie sich doch, dass er nicht fortging.

Als sie schwanger wurde, trennte sie sich von Siegfried, denn sie wollte das Kind abtreiben lassen und er konnte das nicht verstehen. Er hatte sich immer Kinder gewünscht und Dora angefleht, ihm das Kind zu schenken, wie er sich ausdrückte. Aber sie blieb hart. Sein Leben sei verpfuscht, warf er ihr vor. Er kehrte als gebrochener Mann zu seiner Frau zurück und fiel in eine tiefe Schwermut.

„Wi kann di Dora blos so härt sin. Täge sech on tägen öwer andere?“ fragten die Leute im Dorf.

Dabei hatten sie von ihrer Schwangerschaft nichts gewusst. Siegfried schwieg, aber Elisabeth hetzte trotzdem. Dora blieb unbeeindruckt. Für sie war der Hof das Wichtigste. Siegfried war zu schwach gewesen.

Die Abtreibung war teuer. Sie versorgte den Arzt und seine zehnköpfige Familie für einen Monat mit Lebensmitteln. Er nahm den Eingriff in ihrer Küche vor. Trotz der Schmerzen gab sie keinen Laut von sich. Den Fötus begrub sie in der Nacht irgendwo auf einem ihrer Äcker. So bliebe das ungeborene Kind für immer mit ihr verbunden.

Maria und Josef

Maria und Josef Leffers waren wichtige Zeugen. Maria war oft auf Doras Hof gewesen, um dort zu arbeiten. Ihr Mann hatte gelegentlich ausgeholfen.

Ich musste mich regelrecht überwinden, die beiden anzurufen. Ob sie an Doras Tod schuld waren, direkt oder indirekt? Sie hatten so sehr von ihm profitiert.

„Hier ist Andreas Gerlach. Sagt Ihnen mein Name etwas? Ich bin zufällig in der Gegend und würde Sie gerne besuchen. Ginge das?"

"Andreas? Großer Gott, bist du der Sohn von Lisa? Nach so vielen Jahren meldest du dich? Ich hab lange nichts von euch gehört. Leben die Eltern noch?"

"Vater ist tot. Mutter ist für ihre 97 Jahre noch ganz munter."

"Dass es die Lisa noch gibt! Sonst lebt kaum noch jemand von der engeren Verwandtschaft. Also, komm vorbei, wann immer du willst. Ich bin meist zu Hause. Wir freuen uns."

Am nächsten Sonntag stand ich vor einer Villa, die von einer hohen Mauer umgeben war. Ein Riesengrundstück mit Park. Hohe, alte Bäume. Das schwere Eisengitter sprang auf. Sie hatten mich vermutlich schon beobachtet. Ich schritt über einen großzügig angelegten Weg durch das Anwesen. Die Anlage erinnerte mich an englische Landschaftsgärten.

Ich wurde etwas nervös, als ich die Dame des Hauses

erblickte. Sie stand auf der Treppe, die zur Eingangstür hinaufführte. Eine imposante Erscheinung. Von Wiedererkennen konnte keine Rede sein. Schließlich hatte ich sie zuletzt als achtjähriges Mädchen gesehen. Sechzig Jahre waren vergangen. Eine Schönheit war sie nicht. Sie hatte herbe, ein wenig verbitterte Gesichtszüge. Ihre Kleidung war, soweit ich das beurteilen konnte, von ausgesuchter Qualität. Gegen die Kühle des Tages hatte sie eine Nerzstola umgelegt.

„Guten Tag, Frau Leffers. Darf ich mich vorstellen? Andreas Gerlach."

„Warum so förmlich, lieber Andreas? Wir werden uns doch duzen, oder? Schließlich sind wir verwandt. Komm herauf und tritt ein."

Obwohl sie sich freundlich gab, glaubte ich, eine gewisse Reserviertheit zu spüren.

„Vielen Dank, dass ich vorbeikommen durfte. Ich freu mich sehr, Maria."

Es fiel mir schwer, sie zu duzen.

Ich stieg die Stufen hinauf und gab ihr die Hand. Sie erwiderte meinen Händedruck kaum. Ich blickte in ausdruckslose Augen, die an mir vorbeizusehen schienen. Ich fühlte mich unwohl. Sie führte mich in den Eingangsbereich, der als Salon diente. Ein Kaminfeuer brannte.

„Setz dich doch. Möchtest du etwas trinken? Übrigens, ich bin nicht sicher, ob mein Mann kommt. Er ist noch immer der Boss in seiner Kanzlei. Einfach unabkömmlich."

Sie machte eine kurze Pause, lächelte ein wenig und schüttelte leicht den Kopf.

„Keinen Gin oder Sherry? Es spricht sich leichter. Nein? Also, ich genehmige mir einen." Sie goss sich ein Glas voll. Ich trank Wasser.

„Wir haben uns lange nicht mehr gesehen. Ob wir uns auf der Straße erkannt hätten? Eher nicht, glaube ich."

Ohne eine Antwort abzuwarten, fragte sie, wie mein Leben verlaufen sei.

Ich fasste mich kurz. Erzählte von meiner ersten Ehe in Berlin und dass ich mit meiner zweiten Frau in Frankfurt am Main lebe. Um mir die Zeit als frischgebackener Rentner zu vertreiben, schrieb ich seit einigen Wochen an einer Familiengeschichte.

„Da hast du dir ja was vorgenommen. Respekt! Und jetzt bist du rein zufällig auf Doras Schicksal gestoßen, oder? Du interessierst dich für ihr tragisches Ende, vermute ich."

Sie hatte den Nagel auf den Kopf getroffen.

Seit einiger Zeit frage Mutter danach, gab ich vor. Nach so vielen Jahren. Meine Träume und den Brief aus Berlin erwähnte ich nicht.

„Dass Lisaa noch an Dora denkt. Erstaunlich. Es ist alles schon so lange her. Über vierzig Jahre, glaube ich."

Sie saß eine Weile ruhig da, die Augen geschlossen. Ihr Gesicht errötete leicht. Sie schien ein wenig schwerer zu atmen. Ich sah eine Träne, die ihre Wange herabrann. Ein eindrucksvoller Auftritt – Respekt für die schauspielerische Leistung.

„Ich wurde damals beschuldigt. Der Kommissar, Versteegen hieß er, glaub ich, also dieser Kommissar hat sich wirklich angestrengt, mir etwas nachzuweisen. Aber ich blieb ruhig und drehte nicht durch. Ich war ja unschuldig. Nach einiger Zeit ließ er mich in Ruhe. Ein Jahr später konnte ich dann Doras Erbe antreten. Der Mord blieb unaufgeklärt. Eine Wahnsinnsgeschichte. Aber sie hat sich so zugetragen. Hast du damals davon gehört?"

„Wenig. Ich war ja weit weg. Was ich erfahren habe, hörte ich von Mutter. Und die teilte die Einschätzung der Familie."

„Dass ich es gewesen bin. Wegen des Geldes. Ja, ja. Aber was ich die ganzen Jahre für Dora getan habe, wollte niemand sehen. Ich habe ihr bei der Landarbeit geholfen. Geschuftet habe ich. Die Schmerzen in den Händen spüre ich heute noch."

Die Tränen liefen ihr über das Gesicht. Sie passten nicht zu dieser Frau, die mir eher kalt vorkam. Aber vielleicht irrte ich mich.

„Zuletzt musste ich sie pflegen und beim Laufen stützen. Sie ging ganz krumm und konnte sich kaum noch bewegen. Sie hatte keine Freude mehr am Leben, trotz ihres Reichtums. Es war eine schwere Zeit."

Sie sackte in sich zusammen.

„Sollen wir damit aufhören? Es ist bestimmt nicht leicht für dich."

Sie winkte ab.

„Frag nur, was du auf dem Herzen hast", sagte sie.

„Es gibt nur eine Frage: Wer könnte es gewesen sein? Dieser Landstreicher? Spekulanten? Was denkst du? Die Magd, die nach Amerika ausgewandert ist? Wahrscheinlich werden wir es nie erfahren, oder was meinst du?"
„Das denke ich auch. Nach so langer Zeit ist es schwer, neue Hinweise zu finden. Am besten, man lässt die Sache auf sich beruhen. Dora hilft es nicht mehr. Möchtest du etwas Stärkeres trinken? Nein? Ich hätte dir gerne geholfen."

Entweder war Maria Leffers mit allen Wassern gewaschen und führte mich an der Nase herum oder sie sagte die Wahrheit. Und diese Frage wollte ich als Amateur beantworten? Langsam dämmerte es mir, dass ich wohl zu naiv an die ganze Sache herangegangen war.

Jedenfalls dachte ich daran, mich zu verabschieden. Da

hörte ich Geräusche im Flur, ein älterer Mann kam mir mit ausgestreckten Händen und einem verbindlichen Lächeln entgegen.

"Hallo ihr beiden! Das ist doch sicher der Andreas. Maria hat mir von dir erzählt. Ja, ja, die alten Zeiten. Herzlich willkommen. Setz dich doch wieder."
Das konnte nur Josef Leffers sein. Zirka 70 Jahre alt, weißes Haar, drahtige Erscheinung, unruhiger Blick, braun gebrannt. Ich war beeindruckt. Der Mann wirkte sehr präsent. Er kam mir merkwürdigerweise bekannt vor. Wo nur hatte ich ihn schon einmal gesehen? Ausgeschlossen – ich konnte ihm noch nicht begegnet sein.

Wäre Anna dabei gewesen, hätte sie mir sicher etwas von spirituellen Signalen zugeflüstert. Sie hätte bemerkt, dass ich ihn kannte.

„Hallo, Josef."
Wieder dieses Du, das mir bei ihm noch schwerer fiel.

„Eigentlich wollte ich gleich gehen. Ich möchte eure Zeit nicht über Gebühr in Anspruch nehmen."

„Kein Problem. Jetzt ist Feierabend und die Zeitung kann ich auch später lesen. Worüber habt ihr gesprochen? Moment – ich vermute, es ging um Tante Dora? Die ewige Tante Dora!"

„Wir hatten das Thema gerade abgeschlossen", sagte Maria.

„Und habt den Mörder gefunden", sagte Josef, „oder?" Er lachte.

„Natürlich nicht, du Witzbold. Das Thema ist zu ernst. Was meinst du dazu?"

„Du meine Güte. Was soll ich sagen? Sie war deine Verwandte. Am liebsten möchte ich nichts mehr davon hören."

„Denk doch mal nach. Andreas sucht Antworten."
Wie sie sich bemühte. Ein bisschen zu sehr vielleicht.

„Andreas kann auch ohne die Aufklärung der Angelegenheit seine Familiengeschichte schreiben. Ein unaufgeklärter Mord, das passiert doch jeden Tag. Ein dunkler Fleck, ein Geheimnis. Macht sich doch gut in so einer Story. Im Ernst: Für mich ist es der Landstreicher gewesen. Oder es war der gute Johann, der Dora von ihren Leiden befreien wollte. Wäre doch auch möglich."
Die Antwort eines gewieften Rechtsanwaltes. Mehr konnte ich wohl nicht erwarten. Die Warnung, die ich erhalten hatte, erwähnte ich nicht. Hatten diese beiden Unschuldslämmer womöglich die Mail verfasst?

Ich lenkte die Konversation auf andere Themen. Wir stießen auf die Familie und mein Vorhaben an. Am Schluss versicherten wir uns gegenseitig, dass es ein angenehmer Abend gewesen sei, den man gelegentlich wiederholen solle. Nur über meine Leiche, dachte ich.

„Bring doch das nächste Mal deine Frau mit. Und grüß die Lisa von mir", sagte Maria zum Abschied.

Während der Rückfahrt mit dem Taxi ging mir das Gespräch noch einmal durch den Kopf. Sie hatten sich keine Blöße gegeben.

Maria war mir ein wenig sympathischer als Josef. Der erschien mir aalglatt, schwer zu durchschauen, aber immer verbindlich. Ich hatte kein gutes Gefühl, wenn ich an ihn dachte.

Der Mann war mir schon einmal begegnet. Da war ich mir inzwischen sicher. Aber ich konnte ihn nicht zuordnen. Meine Furcht, die mich seit der Mail begleitet hatte, verstärkte sich. Ein Gefühl der Angst, nicht nur vor anderen, sondern merkwürdigerweise auch vor mir selbst. Was bedeutete das? Was ging in mir vor? Ich konnte es nicht verstehen. Noch war ich überzeugt, dass zu schaffen sei, was ich mir vorgenommen hatte. Das wäre doch gelacht.

Aber ich war nicht wirklich weitergekommen. Hatte ich etwas überhört?

Das war eine nette Konversation, aber erreicht hast du nichts, lieber Andreas, sagte ich mir. Ein bisschen Selbstironie tat manchmal gut.

Planung eines Anschlags

„Der Idiot reagiert nicht. Ein sturer Hund. Macht einfach weiter, als sei nichts geschehen. Was schlagt ihr vor? Was könnten wir tun?“

„Jedenfalls lassen wir uns von dem nicht unsere gute Laune verderben. Wir sollten einen Zahn zulegen.“

„Das heißt konkret?“

„Du zuerst!“

„Okay, wir zünden sein Zimmer an.“

„Wo? In Frankfurt oder hier?“

„Besser hier, auf unserem Terrain. Die Wirtin ist meist nicht da, weil sie zum Quatschen unterwegs ist. Wir sind also ungestört. Wer soll‘s machen?“

„Am besten der dicke Egon aus der Siedlung. Stark und dumm, wie er ist. Der meint, dass Gerlach ihn enteignen will. Wo er doch gerade erst sein Häuschen abbezahlt hat. Der hat richtig Wut. Wut und Angst, die beste Mischung.“

„Hält er dicht?“

„Da bin ich mir sicher. Die Häuslebauer sitzen doch alle auf Doras ehemaligem Land und bangen um ihr Eigentum. Die halten zusammen, auch gegenüber der Polizei.“

„Das mit der Enteignung haben wir denen gut eingeflüstert. Die glauben da wirklich dran und verraten uns nicht.“

„Also gut. Der Egon macht‘s. Am besten gleich heute. Der ist doch bei der freiwilligen Feuerwehr, oder?“

Die anderen nicken.

„Dann kennt er sich ja aus. Zum Löschen kann er gleich dableiben.“

Die anderen lachten.

„Vorher soll er aber die Bude ausräumen. Alles zusammensammeln, was der Gerlach aufgeschrieben hat. Er soll den Laptop von dem Kerl nicht vergessen. Den ganzen Kram mitnehmen. Den Rest kurz und klein schlagen und anzünden."

„Und wenn sich das Feuer auf die ganze Pension ausbreitet?"

„Das darf nicht passieren. Unter keinen Umständen. Sonst kippt die Stimmung gegen uns. Wir rufen die Feuerwehr an, sobald er das Feuer legt. Muss zeitlich genau abgestimmt werden. Gut wäre ein Schwelbrand mit viel Rauch."

„Der Egon wird's schon richten. Der ist ja Fachmann. Wenig im Hirn, aber ein guter Praktiker."

„Wenn alles klappt, haut Gerlach sicher ab. Heim zur Mama. Ich glaub nicht, dass Jansen dann noch weitersucht. Der ist anderweitig beschäftigt. Glaubt, dem Chef auf den Fersen zu sein. Viel Vergnügen! Außerdem will er dem Kollegen Versteegen nicht ans tote Bein pinkeln. Und die Staatsanwaltschaft ist überlastet. Freuen wir uns auf ein schönes Wochenende."

„Weiterhin gilt: Ruhe bewahren. Offiziell gibt es uns nicht."

„Aber sie kennen uns doch alle!"

„Kann sein. Aber wenn sie uns verpfeifen, sind sie tot."

Pfarrer Kleinloosen

Pfarrer waren in der Regel gut über das informiert, was in ihrer Gemeinde vorging. Deshalb suchte ich Pfarrer Kleinloosen auf.

„Er ist ein altes Quatschmaul und neigt zu Monologen", hatte mich die Pensionswirtin gewarnt. „Sie können zu Fuß gehen. Das Pfarrhaus liegt ganz in der Nähe."

Es wirkte wie eine Trutzburg. Als Besucher war man gezwungen, viele Stufen hochzusteigen. Zum Thron des Herrn. Dieses Gefühl überkam mich, bevor ich schließlich vor einer schweren Eichentür stand und schellte. Nach einiger Zeit öffnete eine ältere Frau, vermutlich die Haushälterin, und führte mich in ein kleines Zimmer. Einige kirchliche Schriften lagen auf dem Tisch.

„Bitte warten Sie hier. Sie sind doch Herr Gerlach, oder? Dass Sie mit den alten Geschichten kommen. Jetzt, im Jahr 2008. Der ganze Ort spricht davon. Der gute Pfarrer kann Ihnen sicher nicht helfen. Aber Sie müssen es ja wissen."

Ich bedankte mich und sie ließ mich allein. Ich dachte an meine Kindheit und an die Zeit als Messdiener. Das Zimmer roch wie damals. Nichts hatte sich verändert.

Dann kam der Pfarrer. Übergewichtig, mit rotem Gesicht, unruhigen Augen und ernster Miene. Er trug keinen Priesterkragen, sondern ein weißes Hemd unter schwarzem Pullover.

„Grüß Gott, Herr Gerlach. Hab schon viel von Ihnen gehört. Gehen wir in mein Arbeitszimmer."

Ich trug mein Anliegen vor. In erster Linie wolle ich mir ein Bild von Tante Dora machen. Wie sie als Kind war, wie ihre Jugend verlief und wie es dazu gekommen war, dass sie allein den Hof übernahm.

„War das damals nicht ungewöhnlich?“

„Die Bäuerin Dorothea Duiffels war eine außergewöhnliche Person. Schon als Kind hat sie die Zähne zusammengebissen und sich gegen alle Widrigkeiten durchgesetzt. Ihre zahlreichen Geschwister haben sie nie unterstützt, mit Ausnahme ihrer Schwester Lene. Im Gegenteil, sie erwarteten von ihr die Produkte des Hofes, selbstverständlich kostenlos. Einige liehen sich Geld von ihr und zahlten es nie zurück. Und Dora gab allen. Sie hatte einen regelrechten Familientick. Ihre Schwester Else soll sich mit ihren Betteleien um Geld ganz besonders hervorgetan haben. Sie hat's wohl Maria zugesteckt, ihrer Tochter.“

„Wie verhielt sich Dora gegenüber Fremden? Sie soll hart gewesen sein, wie ich hörte.“

Der Pfarrer nickte zustimmend.

„Sie hat nach dem Krieg viele Hungrige ohne Essen weggeschickt. Und später hat sie Schuldscheine von Landwirten angrenzender Bauerhöfe aufgekauft. Ja, sie war nicht bei allen beliebt. Gewiss nicht. Trotzdem, für mich ist es unvorstellbar, dass jemand aus meiner Gemeinde deshalb den Mord begangen hat. Das waren doch alles gute Leute, damals, 1964, als es passiert ist.“

„Gestatten Sie eine weitere Frage?“

„Fragen Sie nur.“ Er nahm einen Schluck aus seinem Wasserglas und lehnte sich entspannt zurück. „Ich helfe gerne.“

„War Dora gläubig?“

„Ich nehme es an. Manchmal betete sie in der Kirche. Ganz allein und versunken. Die heilige Messe besuchte sie selten. Vielleicht hat sie sich wegen ihrer Kleidung geschämt. Zu Taufen und Beerdigungen erschien sie in ziemlich altmodischen Kleidern. Die Leute haben sich amüsiert. Dora tat, als mache sie sich nichts daraus. Aber sie hat sich doch geärgert, glaube ich."

„Wie stand sie zu Johann?"

„Zu Johann, dem Knecht? Der hat sie geliebt und wollte sie heiraten. Aber Dora mochte nicht. Weiß Gott, warum nicht. So lebten sie in wilder Ehe. Zuletzt schien mir die Dora verhärtet, verbittert und auch ein wenig wirr im Kopf. Sie fühlte sich von allen verfolgt. Auch von Johann. Dabei war er ihr immer treu ergeben. Merkwürdige Beziehungen gibt es unter den Menschen. Ein Jahr nach ihrem Tod hat Johann Selbstmord begangen, wie Sie sicher wissen."

„Warum hat er sich umgebracht? Was denken Sie?"

„Weil er sich ohne seine Dora einsam fühlte. Das Leben hatte für ihn keinen Sinn mehr. Ich habe seinen Tod nicht als ein Schuldeingeständnis gewertet. Wir haben ihn übrigens ordentlich begraben, obwohl ich dafür von meinen Oberen kritisiert wurde."

„Eine Frage zum Schluss: Wer sonst könnte Dora ermordet haben? Spekulanten?"

„Dazu kann ich Ihnen beim besten Willen nichts sagen. Der Mörder wird seine gerechte Strafe schon bekommen. Da bin ich mir sicher. Vielleicht hat er sie schon erhalten, denn es ist ja nicht ausgeschlossen, dass er bereits gestorben ist. Dann würden Sie ihn vergeblich suchen."

Als ich mich für das Gespräch bedanken und verabschieden wollte, kam die Wirtschafterin herein und flüsterte dem Pfarrer etwas ins Ohr. Danach verließ sie eilig den Raum, mit bleichem Gesicht und ohne mich anzusehen. Der Pfarrer rutschte nervös in seinem Sessel hin und her.

„Leider ist etwas passiert, Herr Gerlach."

„Ist etwas mit meiner Frau?“

„Ihrer Frau geht es gut, hoffe ich. Es ist etwas anderes. Ihre Pensionswirtin hat angerufen. Das Zimmer, das Sie bei ihr bewohnen, ist aufgebrochen und durchwühlt worden. Sie möchten bitte kommen und den Schaden abschätzen. Die Polizei ist auch schon dort. Es tut mir leid für Sie.“

Ich war wie vom Donner gerührt. Als ich aufstehen wollte, versagten meine Beine ihren Dienst. Was wollten diese Leute nur? Was wollten sie von mir? Was? An das Gefühl der Hilflosigkeit erinnere ich mich noch heute ganz genau. Es war furchtbar.

„Soll ich Ihnen ein Taxi rufen?“

„Ach, lassen Sie nur. Ich brauche frische Luft.“

Mit letzter Kraft raffte ich mich auf und verließ mit schwankenden Schritten das Zimmer. Verzweifelt versuchte ich, einen klaren Gedanken zu fassen.

„Schaffen Sie es alleine?“

„Ja, ja. danke. Vielleicht ist es ja nicht so schlimm.“

Doras Profit

Im Jahre 1941 liefen Doras Geschäfte prächtig. Die Landser an der Front mussten versorgt werden. Johann half nach Kräften. Klaglos und ohne viele Worte – so wie immer. Er war zu alt, um noch eingezogen zu werden.

Sie hatte von Anfang an gute Beziehungen zur Partei. Von dem Geld, das sie verdiente, konnte sie einiges zurücklegen. Hoffentlich würde Hitler den Krieg gewinnen, denn sonst wäre ihr ganzer Reichtum wieder futsch. Aber es sah ganz gut aus. Obwohl – die Nationalsozialisten konnte sie eigentlich nicht leiden. Sie traten immer so herrisch auf. Aber sie musste sich arrangieren.

Bei einem Dorffest lernte sie den Ortsvorsteher kennen. Adolf Wilbers, ein Kerl wie ein Baum. Der hatte viele Bewunderinnen. An diesem Abend fuhr er auf sie ab und das tat ihr gut.

„Deine 37 Jahre sieht man dir nicht an“, hatte er ihr geschmeichelt. „Du bist stark und hast kaum ein graues Haar. Eine stolze, blonde Frau. Ganz nach meinem Geschmack.“

Woher wusste er ihr Alter? Sie tanzten bis zum frühen Morgen und die Leute vom Dorf guckten sich die Augen aus. Sie schliefen miteinander. Er war ganz hin und weg. Sie verstand es inzwischen, einen Mann glücklich zu machen. Wilbers musste ihr schwören, alles geheim zu halten, wenn ihre Beziehung weitergehen sollte. Johann würde nichts davon erfahren, das versprach er bei der Ehre des Führers. Von nun an stand er auf ihrer Seite.

Er schickte ihr zwei polnische Fremdarbeiter, die ihr

helfen sollten. Sie schliefen auf dem Heuboden über dem Stall. Johann konnte sie nicht leiden. Sie nähmen ihm seine Arbeit weg, sagte er. So ein dummer Junge! Sollte sich doch freuen, dass er sich ein wenig ausruhen konnte. Es blieb immer noch genug für ihn zu tun.

Als der Ortsvorsteher erfuhr, dass sie schwanger war, bekam er kalte Füße und war nicht mehr für sie zu sprechen. Für eine Abtreibung war es diesmal zu spät. Sie brachte das Kind allein zur Welt, versteckte es einige Tage in der Scheune, stillte es, wickelte es in eine warme Decke und legte es vor der Kirche ab. Wilbers erzählte sie später, sie habe eine Frühgeburt gehabt. Das Kind sei tot. Der Pfarrer arrangierte die Unterbringung des Säuglings in einem Kinderheim.

Für sie war die Angelegenheit erledigt. Wozu brauchte sie eine Familie? Wozu Kinder? Sie war sich selbst genug. Für den Notfall war Johann da. Ein bisschen Wärme, das reichte. Und ihm reichte es offenbar auch. Aber sie wunderte sich, dass er nie etwas sagte.

Sie hatte von Bauern gehört, die in den Osten gingen. Die wollten in den eroberten Gebieten groß einsteigen. Wie lange würde es dauern, bis sie enttäuscht zurückkämen? Egal. Sie konnte von ihnen preiswert Land kaufen. Der Hof wurde immer größer. Ihre Eltern wären stolz auf sie.

Der Anschlag

„Aufgeben“, dachte ich. „Weg von diesem Ort.“

Ich wollte sofort nach Hause fahren. Sollte doch jemand anderes eine Familiengeschichte schreiben, die ohnehin niemanden interessierte. Wenn ich selbst bei dem Überfall im Zimmer gewesen wäre – nicht auszudenken. Vielleicht wäre ich jetzt tot. Diese Geisterbande konnte schalten und walten wie sie wollte. Die Polizei fand nichts. Wahrscheinlich tat sie auch nichts. Steckten hier denn alle unter einer Decke? Ich würde nicht mehr zurückkommen. Auf keinen Fall. Jedenfalls nahm ich mir das in diesem Augenblick fest vor. Gut, meine Mutter würde ich ab und zu besuchen. So lange sie noch lebte. Ansonsten: Der Niederrhein konnte mir von nun an gestohlen bleiben.

„Ich hatte Sie gewarnt. Gott sei Dank ist niemand verletzt.“

Was sagte dieser Mann, der da plötzlich vor mir stand, mit der unsympathischen Stimme des ignoranten Kommissars? Ein schlechter Traum?

„Beruhigen Sie sich bitte, Herr Gerlach. Sachen lassen sich ersetzen.“

Erst langsam begriff ich, dass es tatsächlich Jansen war, der mich ansprach.

„Der Pfarrer sagt, Sie seien in keiner guten Verfassung.“

„Das ist untertrieben. Ich fühle mich miserabel und Sie haben versagt.“

„Die Polizei ist immer schuld, Herr Gerlach. Das müssen wir ertragen. Aber regen Sie sich ab. Sie hatten

Glück im Unglück."
„Schlimmer hätte es nicht kommen können."
„Doch, wenn alles abgebrannt wäre."
„Was heißt hier ‚abgebrannt'? Mein Zimmer ist aufgebrochen und durchwühlt worden, habe ich gehört."
„Das auch. Aber danach wurde ein Brandsatz gelegt, der zum Glück nur begrenzten Schaden angerichtet hat."
„Ich bin mit den Nerven fertig. Sie hatten recht. Ich fahre."
„Okay, das ist gut. Erholen Sie sich. Ich halte Sie auf dem Laufenden. Könnten Sie zuvor einen Blick ins Zimmer werfen? Um den Schaden einzuschätzen."

Der Raum war völlig verwüstet. Ein Wunder, dass nicht mehr passiert war. Mein Notebook hatte ich Gott sei Dank bei mir gehabt, um das Gespräch mit dem Pfarrer aufzuschreiben. Wenn das den Einbrechern in die Hand gefallen wäre, hätte ich meine Aufzeichnungen verloren. Pech für die Banditen. Das übrige Reisegepäck war verbrannt. Das Schlimmste war der Verlust meines Portemonnaies, das ich in der Pension vergessen hatte. Ausweis, Kreditkarten, Bargeld, alles weg. So ein Mist!
„Sie sind sicher, dass Ihre Papiere im Zimmer waren?"
„Ganz sicher. Ich hatte sie dort vergessen."
„Gut, ich werde das Nötige veranlassen. Man stellt Ihnen schnellstens Ersatzpapiere aus. Morgen sind sie fertig. Denken Sie daran, die Karten sperren zu lassen."
„Eigentlich wollte ich sofort fahren. Schneller geht's nicht?"
„Leider nicht, denn die zuständige Kollegin ist schon zu Hause. Sie müssen noch eine Nacht hier bleiben."
„Wohl in dem abgebrannten Zimmer? Das wäre ja noch schöner! Nein, ich werde zu meiner Mutter fahren."
„Was ist mit Geld?"

„Meine Mutter wird mir welches leihen."

Grußlos fuhr ich davon. Mein Auto war erstaunlicherweise unbeschädigt.

Wieder zu Hause

„Die Mail und jetzt der Anschlag. Würde mich nicht wundern, wenn der nächste Anschlag hier in Frankfurt stattfände. Ich werde eidesstattlich erklären, dass ich meine Recherchen beende. Kein Scherz. Was meinst du, Anna?"

„Ob das was bewirkt? Glaub ich nicht. Hoffen wir, dass die Polizei die Leute schnell findet, die dich bedrohen."

Wir trauten uns nicht mehr aus dem Haus. Anna nahm sich ein paar Tage Urlaub.

Ich lag auf der Couch und sinnierte:

Was hatte ich uns eingebrockt? Wie naiv war ich gewesen? Wollte mal eben einen Mord aufklären. War doch nur eine alte Geschichte, die keinen mehr interessierte. Von wegen. Ich war ein Idiot. Brachte meine Familie in Gefahr. Wäre beinahe tot gewesen. Hoffentlich passierte der Anna nichts. Gut, dass die Kinder aus dem Haus und im Ausland waren. Meine Gedanken drehten sich im Kreis.

Bevor wir zu Bett gingen, verriegelten wir Türen und Fenster. Wir bunkerten uns regelrecht ein. Wie sollten wir aus der Geschichte wieder herauskommen? Ich konnte nicht einschlafen. Es beruhigte mich, die gleichmäßigen Atemzüge meiner Frau zu hören. Sie machte die Augen zu und schlief. Ich war dankbar, dass sie an meiner Seite war.

Ich war bisher überzeugt gewesen, nichts Wesentliches herausgefunden zu haben. Welche empfindliche Stelle hatte ich getroffen? Die Bau-Mafia? Eine Versammlung alter Männer? Oder waren inzwischen junge Nachrücker am Werk, wie in der italienischen Mafia? Vielleicht gab es sogar

Verbindungen zu ihr. In Duisburg hatten sich Mafiosi schon breitgemacht, wie die Presse berichtete. Mir fiel ein, dass ich Franz Heisters nach Mallorca schreiben wollte. Ob das jetzt noch einen Sinn machte?

Vielleicht hatte alles, was passiert war, nur indirekt mit dem Mord zu tun und ich war den falschen Spuren gefolgt. Konnte es sein, dass ich mit meiner Fragerei zu viel Staub aufgewirbelt hatte? Befürchtete irgendwer, dass vergessene Schiebereien, Bestechungen, alte Familienfehden oder Ähnliches ans Tageslicht kommen könnten, die nichts mit meinem Fall zu tun hatten? Ich fand keine Antwort.

Endlich schlief ich ein und träumte in wirren Bildern.

Ein großes Durcheinander. Doras Körper ist von der Arbeit bis zum Boden gekrümmt. Aber sie macht immer weiter. Ihre Tiere stehen abgemagert im Stall und stoßen Todesschreie aus. Aber sie gibt sie nicht her.

„Blos öwer min Likk!“, schreit sie.

Spekulanten umkreisen den Hof wie Aasgeier. Ja, sie sind Aasgeier, die auf den Tod von Dora warten. Maria, ihre Nichte, gibt vor, Dora zu helfen.

„Du brauchst mich. Sonst kommen sie und holen dich. Alleine kannst du dich nicht mehr wehren. Du bist zu krank, zu alt, liebe Tante.“

Maria hält ein Messer hinter ihrem Rücken versteckt und lauert mit glühenden Augen auf ihre Gelegenheit. Wann wird sie zustechen? Die Geier warten und Dora starrt sie an. In ihrem Blick das blanke Entsetzen. Johann kommt mit einer Karre, um sie vor den Vögeln in Sicherheit zu bringen. Er stolpert und liegt auf der Erde. Er ist völlig erschöpft, doch seine Augen bleiben wach und beobachten die Szene. Maria schleicht sich immer näher heran. Die Geier sind auf dem Sprung. Mit einer letzten Kraftanstrengung rafft sich Johann auf und geht wankend auf Dora zu, um sie zu beschützen. Er hält ein Messer in der Hand.

‚Des Düüwels! Sej welle dech afstääke!‘

Er packt Dora und schleppt sie unter lautem Stöhnen mit sich fort. Maria verflucht den Knecht und folgt ihm. Die Geier bleiben ruhig sitzen und warten ab.

Schweißgebadet wachte ich auf.

Nachkriegszeit

Im Juli 1948 war der Adolf heimgekehrt. Kurz nach Kriegende hatten ihn die Amerikaner aufgegriffen und in ein Umerziehungslager gesteckt. Sie wollten den alten Nazi in einen guten Demokraten verwandeln. Adolf war nicht auf den Kopf gefallen und hatte das Spiel mitgemacht.

Jetzt war er wieder da und stolzierte in Amiklamotten durch die Gegend. Begrüßte jeden, lachte, redete mit den Leuten, gab einen aus. Kurz: er tat alles, um wieder in seine alte Stellung zu kommen. Wenn er gewählt würde, wäre er Bürgermeister – Ortsvorsteher gab es nur noch in kleineren Gemeinden oder Ortsteilen.

Um Erfolg zu haben, musste er wieder heiratete. Seine erste Frau war umgekommen. Seine neue Auserwählte komme aus gutem Hause, hieß es. Sie sei schon einmal verheiratet gewesen und habe mit ihrem ersten Mann einen Jungen adoptiert, den sie aus einem Kinderheim geholt habe. Der Mann war in den letzten Tagen des Krieges gefallen. Adolf hatte freudig die Vaterrolle übernommen.

„Aus guter Rasse, mein kleiner Stiefsohn. Der wird mal mein Nachfolger."

Dora würde den kommenden Bürgermeister im Auge behalten. Seine Wahl galt als sicher. Die ehemalige Verbindung zu ihm konnte ihr nützlich sein. Ob er wusste, dass es ein Kind gab, seinen Sohn, den sie zur Welt gebracht und weggegeben hatte?

Er wäre jetzt sechs Jahre alt, falls er noch lebte.

Egal, sie hatte genug andere Sorgen. Im letzten Monat

kam die Währungsreform. Die alte Reichsmark wurde ungültig und die neue D-Mark wurde eingeführt. Damit war ihr Gespartes verloren.

Aber sie hatte Wertsachen gesammelt, im Tausch gegen die Erzeugnisse ihres Hofes. Kartoffeln baute sie nicht mehr an, weil sie von den Feldern gestohlen wurden. Es blieben Eier, Gemüse aus dem Garten und vor allem Fleisch. Die Leute gaben ihr dafür, was immer sie verlangte: Teppiche, Schmuck, Pelze, teures Porzellan, Briefmarkensammlungen. Ihre Scheune war voll von dem Zeug. Das waren Werte, die sie zu Geld machen konnte. Sie fühlte sich, als sei sie auf der Sonnenseite des Lebens angekommen.

Die ewige Bettelei der Flüchtlinge ging ihr auf die Nerven. Schon vor dem Ende des Krieges waren einige von ihnen bei ihr einquartiert worden, denn die Städte waren zerbombt. Und dann die vielen Fremden aus dem Osten. Ein Gedränge war das auf dem Hof. Kaum auszuhalten. Sie alle mussten durchgefüttert werden. Was die so verputzten. Berge von Lebensmitteln, die sie kostenlos abgeben musste. Hilfe hatte sie kaum von denen. Die meisten kannten sich in der Landwirtschaft nicht aus. Ohne Johann und die Polen hätte sie es nicht geschafft.

Sobald es möglich war, hatte sie alle rausgeschmissen. Für die gab es jetzt die Auffanglager. Aber es kamen immer noch Flüchtlinge und klopften an ihre Tür. Seitdem sie ihren Hund am Hofeingang angekettet hatte, war damit Schluss.

Der Max war zwar alt und bellte nur noch heiser, aber sie hatten Respekt vor ihm.

Gestern war jemand zu ihr gekommen, den sie auf den ersten Blick nicht erkannt hatte. Bestimmt wieder ein Bettler. Aber der Hund hatte nicht angeschlagen.

„Guten Tag, Dora", hatte der Mann in seiner zerlumpten Uniform gesagt. „Wollte nur mal vorbeikommen und melden, dass ich wieder daheim bin."

Die Stimme kannte sie. Das war doch...ja, das war der Sohn von den Versteegens von nebenan. Der Vater war Polizist gewesen und von einer Bombe zerrissen worden. Kurz danach war die Mutter gestorben. Sie schaute den Mann unsicher an und wusste nicht, was sie sagen sollte.

„Ist schon gut, Dora. Ich weiß schon seit einiger Zeit, dass meine Eltern tot sind. Der Brief hat mich im Gefangenenlager erreicht."

„Herzlech Beileid, Theo. Watt wess do dann nau duun?"

„Ich hab mir gedacht, dass ich dem Johann ein wenig zur Hand gehen könnte. Ohne Bezahlung selbstverständlich. Nur für die Kost. Schlafen kann ich ja bei uns."

„Dä Johann wörd sech freuje. Wann kass do anfange?"

„Na, sofort, wenn du willst. Es ist ja auch nur vorübergehend. Demnächst möchte ich mich bei der Polizei bewerben."

„Poliziss, wi din Vader, dat ös räch. Dann goon ma nor Johann inne Stall."

So kam es, dass sie zu dritt waren. Der Theo war ein guter Hilfsknecht, dem man nichts erklären musste. Ein bisschen Geld steckte sie ihm zu, damit er sich anständige Kleidung kaufen konnte. Er blühte auf und war Dora dankbar.

Mit ihrer Verwandtschaft war das in diesen Tagen so eine Sache. Die, die sie nicht leiden konnte, kamen oft und verlangten viel. Die, die sie mochte, besuchten sie selten und erwarteten nichts. In den kleinen Sohn der Gerlachs war sie regelrecht vernarrt. So hätte sie sich ihr eigenes Kind gewünscht. Andreas, ein liebes Kind mit wachen Augen. Und dankbar für jede Kleinigkeit, die sie ihm gab. Ihre Nichte Lisa war seine Mutter. Auf die war sie ein bisschen neidisch. Wenn Andreas da war, ging ihr das Herz auf. Sie spielte mit ihm und nahm ihn auf ihren Schoß. Am liebsten hätte sie ihn behalten.

Leider waren die Besuche von Andreas und seiner Mutter immer nur von kurzer Dauer. Für den Nachhauseweg mit den alten Fahrrädern brauchten sie fast vier Stunden. Sie mussten vor der Dunkelheit zu Hause sein. Sonst war es zu gefährlich. Weshalb war derVater nie dabei? Dazu schwieg Lisa. War der Besuch bei einer Bäuerin unter seiner Würde? Bei den Nazis war er ein hohes Tier gewesen.

Egal, Andreas und Lisa konnte sie gut leiden. Warum kamen sie nicht öfter?

Ein Lokalreporter

Nachts die schrecklichen Träume und tagsüber die Grübelei. Mir ging das alles an die Nieren. Warum nur hatte meine Mutter verdammt nochmal von Dora geträumt? Hatte ich wirklich den Brief aus Berlin geschrieben? Ich muss verrückt gewesen sein. Ich hatte das Gefühl, als bewegte ich mich orientierungslos im Nirgendwo, ohne Sinn und Ziel.

Deshalb fasste ich einen Entschluss. Gleich nach dem Frühstück würde ich zur Polizei gehen, ihr die Sache übergeben und in mein wirkliches Leben zurückkehren. Keine Hirngespinste mehr.

Das Telefon klingelte. Das war sicher eines der Kinder. Ich würde sagen, dass es uns gut ginge. Sie sollten sich nicht auch noch aufregen. Eine mir unbekannte Stimme fragte, ob dies der Anschluss der Familie Gerlach sei. War das etwa einer der Brandstifter? Ich antwortete nicht.

„Hallo, Herr Gerlach. Hören Sie mich? Ich bin Gert Stratmann vom 'Niederrhein-Echo'. Hoffentlich störe ich Sie nicht. Ihre Pensionswirtin hat mir Ihre Nummer gegeben. Sie können mir vertrauen. Ich würde Sie gerne sprechen. Mich interessiert Ihr Anliegen."

„Ich kenne Sie nicht. Woher weiß ich, dass Sie die Wahrheit sagen?"

„Fragen Sie die Wirtin, bitte. Es würde mich freuen, wenn wir uns sehen könnten. Sagen Sie mir ein Datum, wann Sie wieder hierherkommen. Wir könnten Ihr Anliegen vielleicht gemeinsam vorantreiben."

„Ich bin raus aus dem Fall. Falls Sie schon etwas über meine Recherchen wissen, können Sie sich vielleicht denken, weshalb. Ich bin doch kein Selbstmörder. Vielen Dank für Ihr Interesse und guten Tag. Vergessen Sie meine Telefonnummer."

Ich legte auf. Dieser Presseheini würde alles noch mehr aufbauschen. Ohne Rücksicht auf Verluste. Dafür stand ich nicht zur Verfügung. Ich widmete mich wieder meinem Frühstück. Anna hatte mir den Kaffee warmgehalten.

Der Beamte im nahegelegenen Polizeirevier hörte sich meine Geschichte mit skeptischem Blick an.

„Sie wollen Anzeige wegen Ihres Zimmerbrandes erstatten? Eigentlich ist die hiesige Polizei für Ihre Angelegenheit nicht zuständig, aber ich kann die Anzeige weiterleiten. Können Sie eine konkrete Person nennen, die Sie verdächtigen? Nein? Dann also gegen Unbekannt?"

Ich machte meine Angaben so gut es ging. Es fiel mir schwer, mich in dieser Angelegenheit noch zu konzentrieren. Der Polizist schrieb sich einiges auf.

„Die Kollegen der dortigen Kripo werden sich der Sache annehmen. Wenn ich Ihnen einen Rat geben darf: überlassen Sie die Arbeit den Experten. Sie sehen ja, was dabei herauskommt, wenn man sich als Laie an so was herantraut. Aber bitte, ich will Sie nicht bevormunden. Es ist schließlich Ihr eigenes Risiko."

Insgeheim hatte ich erwartet, dass mir Polizeischutz angeboten würde. Aber nichts dergleichen geschah. Ja, wenn man prominent wäre! Außerdem war Doras Fall wohl ein zu ‚kleiner Fisch'. Der Mord war zwar damals eine Zeitungsmeldung wert. Und damit Schluss. Für mich rührte niemand mehr einen Finger.

Ich fand das ungerecht. Zu viel Selbstmitleid? Meinetwegen. Jedenfalls stand mein schönes Familienprojekt vor dem Aus, noch bevor es richtig begonnen hatte. Ein Scherbenhaufen. Es schien, als bliebe die Ermordung meiner Großtante ungesühnt.

„Dieser Stratmann hat wieder angerufen“, sagte Anna, als ich nach Hause kam.

„Journalisten lassen nicht locker. Wie die Heuschrecken. Du hast sicher gleich aufgelegt.“

„Ja, aber er hat dann noch mal angerufen. Anhören könntest du doch, was er zu sagen hat. Er kann uns helfen, hat er behauptet. Öffentlichkeit mache stark.“

„So eine Frechheit. Du hast es ihm gegeben, oder?“

„Hm, eigentlich wollte ich. Aber seine Stimme klang so vertrauenswürdig. Kurz und gut: Ich habe länger mit ihm gesprochen. Jetzt bin ich überzeugt, dass ihr zusammenarbeiten solltet. Er würde auch nach Frankfurt kommen.“

„Ich weiß nicht, hab dabei kein gutes Gefühl. Aber wenn du meinst. Sprich du bitte zunächst allein mit ihm. Ich komme dann später dazu - vielleicht. Es bringt ja doch nichts.“

Der Reporter kam früher als verabredet. Ich hatte angenommen, es sei die Post und öffnete die Tür. So ein hinterhältiger Hund! Arbeitete mit allen Tricks.

„Gert Stratmann mein Name. Guten Tag! Ich freue mich, Sie zu sehen, Herr Gerlach. Bin ich zu früh? Eine Journalistenmacke. Bitte entschuldigen Sie.“

Er hatte mich überrumpelt.

„Kommen Sie rein.“

Er war ungefähr in meinem Alter, vielleicht etwas jünger. Ich bot ihm nichts zu trinken an. Dieser Journalist würde ohnehin bald gehen.

„Bevor Sie loslegen, lassen Sie mich Folgendes sagen:

Ich gehe davon aus, dass Sie zur Aufklärung der Ermordung Doras nichts Neues beizutragen haben. Die Fakten wollen Sie jetzt von mir wissen. Um es kurz zu machen. Ich habe einiges über das Leben meiner Großtante herausgefunden, jedoch keine Ahnung vom Mordhergang und werde ständig bedroht. Bei einer Veröffentlichung werden die völlig durchdrehen, die etwas gegen mich haben."

„Was ist denn passiert?" fragte Stratmann mit teilnahmsvoller Stimme.

„Tun Sie doch nicht so!"

„Von dem Brandanschlag haben Sie doch sicher gehört. Und da fragen Sie, was passiert ist?" schaltete sich Anna ein, die inzwischen dazugekommen war. „Dann kam vor einiger Zeit die Drohung, dass es uns schlecht ergehen werde, wenn Andreas seine Recherchen nicht sofort einstellt. Per E-Mail und anonym. Ist das genug?"

„Haben Sie die Polizei informiert?"

„Na klar. Zuständig ist Kommissar Jansen. Den kennen Sie sicher. Ich hab keinen guten Eindruck. Deshalb habe ich mich auch an die Frankfurter Polizei gewandt. Die Kripo wollte sich bei mir melden, hat sie aber noch nicht. Die tun nichts. Gar nichts. Die Gangster kennen sicher schon unsere Adresse. Sie haben sie ja auch herausbekommen."

„Nur Ihre Telefonnummer. Die Wirtin hat sie mir unter dem Siegel der Verschwiegenheit verraten. Ich will Ihnen helfen. Bei meiner Ehre. Wenn dann noch ein Bericht nach erfolgreichem Abschluss für mich abfällt, umso besser. Aber ich werde alles mit Ihnen abstimmen."

„Warum wollen Sie uns helfen?"

„Weil ich meine Heimat liebe und die Menschen dort. Korrupte Strukturen zerstören unser Zusammenleben und deshalb bekämpfe ich sie. Chef der Korruption bei uns ist bis heute der Makler Franz Heisters, von dem Sie sicher schon gehört haben. Ich bin, wie man so sagt, sein illegitimer Sprössling. Er hat meine Mutter auf dem Gewissen."

„Sie sind sein Sohn? Wirklich? Sie erzählen das nur, damit wir mit Ihnen zusammenarbeiten."

„Es ist die Wahrheit, ein Teil meiner Familiengeschichte. Ich schreibe jeden Tag daran. Bei uns zu Hause ist seine Vaterschaft immer totgeschwiegen worden. In der Öffentlichkeit gibt es Gerüchte, klar. Offen sagt keiner was. Die haben alle Angst. Aber fragen Sie den Kommissar. Der weiß Bescheid. Ich habe mir jedenfalls vorgenommen, die Missetaten meines Vaters aufzudecken, auch wenn ich mein ganzes Journalistenleben dafür opfern müsste."

„ Jansen frage ich gar nichts mehr. Aber ich will Ihnen mal glauben, auch wenn es mir schwerfällt. Daher also Ihr Engagement."

„Lassen Sie uns zum Fall Ihrer Tante zurückkommen. Offenbar haben Sie einige Leute durch Ihre Recherchen nervös gemacht. Einer dieser nervösen Menschen ist übrigens der Kommissar. Der hat wohl Feuer unter den Hintern gekriegt. Und da wollen Sie aufhören? Das wäre schade. Unsere Chancen stehen nicht schlecht."

„Was heißt hier ‚unsere Chancen'?"

„Tun wir uns doch zusammen! Ich habe immer am Niederrhein gelebt. Ich gehöre dazu, auch wenn ich politisch ziemlich weit links stehe. Die einfachen Leute vertrauen mir und das sollten wir nutzen."

„Ich versteh schon. Ich gehöre nicht dazu und niemand vertraut mir. Hab ich schon gemerkt. Wie soll ich dann helfen?"

„Ich erzähle Ihnen, was ich weiß oder vermute und Sie erzählen mir das, was Sie bisher herausgefunden haben."

„Sie wissen etwas? Kann ich mir nicht vorstellen."

„Ich könnte Ihnen zum Beispiel sagen, wer die Mail ge-

schrieben und den Anschlag verübt hat."
Verblüfft schauten Anna und ich uns an.
„Machen Sie weiter?", fragte Stratmann.
„Ich muss vorsichtig sein, auch wegen meiner Familie. Vielleicht meldet sich die Polizei ja doch noch. Was meinst du, Anna?"
„Du hast angefangen und solltest es zu Ende führen. Aber nach allem, was passiert ist, hab ich große Angst. Deshalb ist es zu zweit besser. Bitte unternehmt nichts ohne Polizei."
„Das wird mir schwerfallen, wenn ich an Jansen denke. Also, wer hat den Anschlag verübt?"
"Okay. Ich tippe auf Leffers. Der hatte ganz sicher mit den Baulandspekulanten zu tun. Als Rechtsanwalt hat er einige von ihnen vertreten. Außer meinem Vater sind inzwischen alle verstorben. Da er Marias Mann ist, gibt es noch das zusätzliche Motiv, sie zu schützen. Sie war ja seinerzeit die Hauptverdächtige und könnte es jetzt wieder werden."
„Na, dann schreiben Sie das mal auf. Es ist Ihre Geschichte."
„Es gibt noch eine zweite Möglichkeit. Auf dem ehemaligen Grund und Boden von Dora stehen jetzt Eigenheime, wie Sie wissen. Unter den Bewohnern ist das Gerücht entstanden, dass Ihre Nachforschungen womöglich zu Enteignungen führen könnten."
„Wie ist denn das zu verstehen?"
„Die denken so: Wenn Maria als Mörderin entlarvt würde, könnten Sie den damaligen Verkauf rückgängig machen lassen und das Land zurückfordern."
„Das ist doch völlig bescheuert. Als entfernter Verwandter wäre ich der Letzte, der etwas bekommen würde. Man könnte die Häuslebauer auch nicht einfach enteignen, oder?"

„Ich bin kein Jurist. Jedenfalls gibt es das Gerücht. Aber vielleicht taucht plötzlich auch ein bisher völlig Unbekannter auf. Schauen Sie nicht so ungläubig. Ich gebe zu, meine Fantasie geht manchmal mit mir durch. Schließlich bin ich Journalist. Sehen wir uns nächste Woche?"

Der Reporter wusste nicht allzu viel. Dennoch stimmte ich nach einigem Zögern zu. Was hatte ich noch zu verlieren? Anna schaute mich ängstlich an.

„Hältst du das durch?"

„Hoffentlich. Es ist mein letzter Versuch. Ich melde mich dann bei Ihnen, Herr Stratmann. Bin gespannt, ob der Kommissar inzwischen etwas herausgefunden hat. Übrigens, ich habe schon ein bisschen was aufgeschrieben. Rekonstruktionen einiger Stationen aus Doras Leben. Wollen Sie's mitnehmen, zur Information?"

„Ja, gerne", sagte der Lokalreporter, nahm die Manuskripte und verabschiedete sich eilig.

„Du hast aber schnell zu ihm Vertrauen gefasst", stichelte Anna.

„Hauptsache, ich bin nicht mehr allein da oben, in meiner kalten Heimat."

Lageberícht

Der Schnüffler war endgültig in die Flucht geschlagen. Hatte nach dem Anschlag alles stehen und liegen lassen und ward nicht mehr gesehen. Der wusste, was ihm blühte, wenn er bliebe.

Obwohl, so richtig gut war es nicht gelaufen. Aber das mussten sie dem Chef ja nicht berichten. Der bekam davon nur schlechte Laune. Hauptsache, der Ruhestörer war weg.

Egon war ein Versager! Noch nicht mal ein richtiges Feuer legen konnte der. Wozu war er denn bei der Feuerwehr? Es hat nur ein bisschen gekokelt. Von draußen war nichts zu sehen gewesen. Woher sollte der Anrufer wissen, dass es innen brennt? Wenn die vom Notruf seine Stimme erkannt hätten, wäre es peinlich geworden. In weiser Voraussicht hatte er ein dickes Tuch um den Hörer gewickelt. So konnten sie ihn hoffentlich nicht identifizieren. Das Notebook von dem Schnüffler hat Egon auch nicht gefunden. Schade, sie hätten es gerne ausgewertet. Da waren bestimmt Infos gespeichert, mit denen sie den Gerlach unter Druck setzen konnten, falls er sich noch einmal sehen ließe.

Aber seine Ausweise und sein Geld hatten sie. Immerhin etwas. Mal sehen, was sich mit den Kreditkarten machen ließ. Der Chef kannte bestimmt einige Experten.

Dass der Kommissar plötzlich begann, sich um den Fall zu kümmern, machte sie ein wenig nervös. Er rannte umher und stellte Fragen. Hatte er Druck von oben gekriegt? Wahrscheinlicher war, dass sich die Polizei um den

Schnüffler kümmern wollte. Um ihn vor sich selbst zu schützen. Kein Grund zur Beunruhigung.

Der Fall Dora Duiffels würde mit Sicherheit nicht wieder aufgerollt.

Der Boss war trotzdem vorsichtig und dachte über weitere Vorkehrungen nach. Die aus der Siedlung hielten jedenfalls dicht. Sie wussten, was ihnen sonst drohte.

Gestern wurde im Dorf gemunkelt, Stratmann sei nach Frankfurt gefahren. Traf er sich etwa mit Gerlach? Dann hätten sie ein Problem.

Kneipentreffen

„Hätte ich nicht gedacht, dass Sie so mutig sind. Hochachtung. Hätte ich wirklich nicht gedacht, dass Sie noch mal zurückkommen. Trinken Sie einen mit? Niemand will mit mir trinken."

Ausgerechnet Jansen traf ich in der Kneipe, wo ich in Ruhe mein Bier trinken wollte.

„Wenn ich Ihnen damit einen Gefallen tun kann. Ich trinke Bier."

„Herr Ober, ein Bier! Das ist mein Freund aus Frankfurt am Main."

„Kenn ich", sagte der Ober. „Stand ja heute in der Zeitung. Seine Geschichte mit Foto. Gut geschrieben von dem Stratmann. Der kommt bestimmt auch noch."

„Sehen Sie. Stadtbekannt sind Sie jetzt. Und ich hab den Ärger. Nur noch Stress. Jetzt soll ich Sie auch noch beschützen. Dienstgeheimnis. Nicht weitersagen."

Mir hatte es die Sprache verschlagen. So ein falscher Hund, dieser Stratmann. Einen Artikel zu schreiben, ohne mich zu informieren. Und dann noch mit Foto. Deshalb hatten mich einige Leute so auffällig fixiert.

„Wie geht's jetzt mit uns weiter?", fragte Jansen. „Sie sind verstummt? Sie wussten von nichts? In der Tat: Sie wissen wenig. Prost!"

„Prost", sagte ich beklommen.

Eine Enttäuschung mehr. Kam auch nicht mehr drauf an.

„Sie müssen sich doch einfach Scheiße fühlen. So allein, so bedroht. Wie kommen Sie nur damit klar? Nicht gut, oder? Besser, wir beenden die ganze Geschichte."

„Was meinen Sie damit?"

„Die Ladung liegt bei Ihrer Wirtin. Ich hatte Sie schon erwartet. Morgen unterhalten wir uns weiter. Dienst ist Dienst und Schnaps ist Schnaps."

„Ich wohne nicht mehr da. Hab was anderes gefunden."

„Ach so? Wusste ich noch nicht. Mir sagt ja keiner was. Und dann soll ich Sie beschützen? Wie auch immer, bitte morgen um zehn Uhr in meinem Büro. Bitte pünktlich."

Der Kommissar stand auf und wankte zur Toilette.

„Jetzt muss ich aber los", sagte er, als er zurückkam. „Kann Sie eigentlich gut leiden. Aber die Vorschriften. Die verdrängen das Menschliche. Ist nicht gut, oder? Müsste man ändern, kann man aber nicht. Jedenfalls nicht so kleine Nummern wie wir. Also dann, wir sehen uns. Bis dahin bin ich wieder ganz der Alte, nichts für ungut."

Jansen war kaum aus der Tür, da trat Stratmann ein.

„Der hat ja schwer einen getankt. Ganz ungewöhnlich für ihn. Guten Abend, Herr Gerlach. Bitte entschuldigen Sie."

„Für was denn?"

„Dass ich Sie nicht gleich begrüßt habe. Ich musste erst mal den Anblick des Kommissars verkraften. Aber ich bin erfreut, Sie so bald hier zu sehen."

„Das macht den Kohl jetzt auch nicht mehr fett."

„Was ist los? Sind Sie sauer? Etwa auf mich?"

„Das wundert Sie? Sie schreiben über mich, ohne vorher zu fragen. Sogar mit Foto. Das war so nicht abgesprochen. ‚Bericht nach Abschluss', das haben Sie selber gesagt. Woher hatten Sie übrigens mein Bild?"

„Von Ihrer Frau. Okay, ich versteh Sie. Aber als ich

Ihre Aufzeichnungen gelesen hatte, dachte ich, es sei besser, sofort loszulegen und Druck zu machen. Auch in Ihrem Interesse. Wollen Sie's lesen?"

Ohne eine Antwort abzuwarten, gab er mir eine Zeitung.

„Mein letztes Exemplar. Alles ausverkauft. Ich bin gespannt, wie Sie es finden. Erste und zweite Seite."

Ich warf einen kurzen Blick auf den Artikel und steckte die Zeitung in die Tasche.

„Am liebsten würde ich mich in ein Loch verkriechen. Wie die Leute mich anglotzen. Fürchterlich."

„Die meisten haben aufgeschlossen und freundlich reagiert, wenn ich von den wenigen Giftspritzen absehe. Glauben Sie mir, die Veröffentlichung macht uns stark. Auch die Polizei ist endlich aktiv geworden. Ein Wunder, nach all den Jahren. Sie stehen nicht mehr alleine da, gewinnen möglicherweise Sympathisanten, die Ihnen helfen wollen. Ist doch alles gut, oder?"

„Das meinen Sie! Wenn ich an meine Frau denke, allein in Frankfurt, mache ich mir große Sorgen. Hoffentlich passiert nichts."

„Umso wichtiger ist es, unser Anliegen zu forcieren und möglichst schnell erfolgreich abzuschließen."

„Lieber ein Ende mit Schrecken als ein Schrecken ohne Ende, meinen Sie? Morgen bin ich übrigens mit dem Kommissar verabredet. Bin gespannt, was der mir zu sagen hat."

„Könnte ich nur dabei sein. Sie werden es mir hoffentlich erzählen. Für morgen Nachmittag habe ich übrigens einen Termin beim Bürgermeister. Der ist immer gut informiert. Vor allem über Gerüchte. Kommen Sie mit?"

„Geht's um Dora?"

„Ausschließlich. Für politische Gespräche habe ich später noch Zeit."

„Na gut, wenn's der Wahrheitsfindung dient. Obwohl mich die Gespräche langsam nerven."

„Sie wohnen nicht mehr in Ihrer alten Pension?"

„Ab heute übernachte ich in einem Autobahnhotel. Ich denke, da bin ich sicherer. Außerdem kennt mich dort kein Mensch."

„Das wird nicht so bleiben, leider. Schlafen Sie trotzdem gut und bis morgen."

„Gute Nacht!"

Der hatte mich ja schnell wieder rumgekriegt. Ich war eben ein schwacher Mensch.

Aber jeder wie er kann. Vielleicht war ich auch nur neugierig.

Der Spaziergang

Ich freute mich auf mein Bett. Ich würde den Artikel von Stratmann noch kurz überfliegen und dann einschlafen.

Jetzt an der Luft merkte ich, dass ich zu viel getrunken hatte. Das Gehen fiel mir schwer. Und dann dieses Wetter. Kalt, neblig und Nieselregen. Typisch Niederrhein. Zu allem Überfluss hatte ich vergessen, meinen Regenmantel oder wenigstens einen Schirm mitzunehmen.

Am Tag hatte alles viel freundlicher ausgesehen. Meine Schuhe würden voller Lehm sein, wenn ich am Hotel ankäme. Aber ich hatte keine Lust, den Umweg über die Straße zu nehmen, denn der dauerte zehn Minuten länger.

Einige Laternen waren defekt. Für die Reparatur fehlte wohl das Geld. Man konnte sich die Knochen brechen, so dunkel war es. Alles war nur schemenhaft zu erkennen. In kurzer Zeit war ich bis auf die Haut durchnässt.

Warum war ich auch so dumm und nahm kein Taxi. Der Gesundheit zuliebe, ja, ja. Aber doch nicht bei diesem Wetter.

Als ich das Wäldchen erreichte, war mir, als hörte ich Stimmen.

„Ist da jemand?“ Niemand antwortete.

Ich sah die Weiden am Rand des Weges, die mir von Kindheit an vertraut waren. Alte Bäume mit hohlen Stämmen, die aussahen wie auferstandene, verrunzelte Tote. Den Wald in der Nähe konnte ich nur erahnen.

Und ich hörte Geräusche: Etwas raschelte, etwas flüsterte. Manchmal lauter, dann wieder ganz leise. Ein kalter Wind streifte mich. Ich dachte an die Geschichten über Räuber und Mörder, die im Mittelalter in die Sümpfe des Niederrheins flüchteten. Reisende waren von ihnen ausgeraubt worden. Heutzutage streiften sie als Untote durch die Gegend und erschreckten den einsamen Wanderer. Das jedenfalls hatten die Alten früher erzählt.

Lächerlich! Aber mir war doch unheimlich zumute. Hoffentlich käme ich bald zur Straße zurück. Ich ging schneller und hatte Angst zu stolpern. Der Weg war kaum zu erkennen.

Das Wasserloch sah ich zu spät. Ich stolperte mitten hinein, hielt mich aber aufrecht. Dann spürte ich, dass sich meine Schuhe im Schlamm festgesaugt hatten. Verzweifelt versuchte ich, mich zu befreien, aber es gelang mir nicht. Ich saß fest und sank immer tiefer ein. Das konnte doch nicht wahr sein. Verdammt nochmal! Würde ich jetzt langsam untergehen? War ich verloren? Es war zum Verrücktwerden. Steckte ich in dem letzten Moor, das es am linken Niederrhein noch gab? Strampeln half nichts, hatte ich gehört. Das beschleunige nur den Untergang. Ich strampelte trotzdem. Würde ich als Moorleiche enden und später präpariert in einem Schaukasten landen?

Warum fielen mir immer solche Scherze ein, wenn ich mir vor Angst fast in die Hosen machte?

Zu meiner Erleichterung spürte ich schließlich festen Grund unter den Füßen. Genug gestrampelt. Also doch kein richtiger Sumpf. Der Niederrhein war auch nicht mehr das, was er mal war.

Doch es blieb ein Problem: Ich steckte bis zum Bauch im Morast und kam nicht mehr raus. Keine Chance. Meine Verrenkungen hätte ich mir gerne auf einem Video angesehen.

Mein Rausch war verflogen. Musste ich die ganze Nacht so ausharren? Es war nicht zu erwarten, dass jemand vorbeikäme, der mir helfen könnte. Bis zum nächsten Morgen würde ich erfroren sein. Die Nächte waren bitterkalt.

Ich rief um Hilfe. Keine Antwort. Meine Situation schien aussichtslos. Plötzlich vernahm ich merkwürdige Laute. Waren mir die Mörder auf der Spur? Würden sie jetzt zuschlagen? Aber es waren keine menschlichen Töne, die ich hörte. Sie erinnerten mich eher an Hyänen, die ich vor Jahren in Südafrika beobachtet hatte. Die Tiere koordinierten ihre Jagd durch ein Fiepen, mit dem sich die Mitglieder des Rudels verständigten. So ähnlich hörte sich das Geräusch an.

Kalte Angst erfasste mich. Mit mir ging es zu Ende. Ein Testament hatte ich nicht gemacht. Hoffentlich bekam Anna keine Schwierigkeiten. Die Verwandten waren so raffgierig.

Langsam verlor ich mein Bewusstsein. Oder war das schon vorher passiert? Ich schrie wie ein Wahnsinniger, aber ich konnte meine Stimme nicht hören. Da waren dunkle Schatten, Gestalten in schwarzen Gewändern, die mich umkreisten. Der Kreis zog sich langsam zusammen. Sie kamen näher, aber sie berührten mich nicht. Ich stand hilflos da.

Adieu, du schöne Welt.

Plötzlich fühlte ich mich aufgenommen. Aufgenommen von ihnen in ihrer Mitte. Ich war ein Teil von ihnen geworden. Der Schlamm zog sich zurück und ich konnte mich frei bewegen. Träumte ich? Vor dem Wald, von dem ich jetzt die einzelnen Bäume erkennen konnte, schwebte ein Meer von Lichtern. Eine unendlich große Zahl weißer Gesichter zog an mir vorüber. Sie schauten mich an. Waren das meine verstorbenen Verwandten und Freunde? Mein seit langem verstorbener Vater ging an mir vorbei, ohne mich zu beachten. Und da war meine Lieblingsoma, die auf ihren Sohn einsprach. Ihr Sorgenkind.

Eine der Erscheinungen schien tatsächlich Dora zu sein. Ich erkannte mich selbst als das Kind kurz nach dem Krieg und Dora sah so aus wie damals. Sie lächelte und sprach mit mir. Ich vernahm keinen Laut, doch ich verstand sie. Ich sei ihr lieber Sohn, sagte sie, und wir gingen unsern Weg gemeinsam zu Ende.

Als ich erwachte, befand ich mich im Hotelzimmer und lag auf meinem Bett.

Das Fenster war geöffnet. Es war noch dunkel. Wer hatte mich hierhergebracht? Ich stellte fest, dass meine Schuhe sauber waren. Wie frisch geputzt. Keine Schlammspuren. Jemand klopfte. Ich erschrak und blieb still.

„Ist alles in Ordnung, Herr Gerlach?“, fragte eine Stimme.

„Natürlich! Lassen Sie mich in Ruhe!“

Was bedeutete das alles? Litt ich unter Halluzinationen? Ich war zu müde, um noch darüber nachzudenken. Ich schloss das Fenster, legte mich wieder hin und schlief vor Erschöpfung ein.

Am nächsten Morgen erinnerte ich mich an den Spaziergang wie an einen fast vergessenen Traum. Nur dieses Leuchten sah ich noch deutlich vor mir. Als hätte es sich in mein Gedächtnis gebrannt. Ich konnte an nichts anderes denken. Mir kam es vor, als ob das Licht mich festhielt.

Es dauerte einige Zeit, bis ich durch meditative Übungen, die ich von meiner Frau gelernt hatte, wieder einigermaßen klar im Kopf war. Ich stand auf und ging unter die Dusche. Erst der kalte Strahl auf meinem Kopf bewirkte, dass dieses Leuchten verschwand. Ich habe es erst viel später wiedergesehen.

Danach traute ich mich aus dem Zimmer. Der Hunger trieb mich hinaus. Um mich abzulenken, warf ich beim Frühstück einen Blick auf Stratmanns Artikel. Ich sah mein Foto und die Überschrift:

„Nach 43 Jahren vor der Aufklärung! Großneffe recherchiert im Mordfall Dora Duiffels“.

So eine freche Behauptung. Der Fall stehe vor der Aufklärung Eine glatte Lüge!

Nach diesem Aufreißer war nichts Aufregendes mehr zu lesen. Stratmann schrieb von meinem Projekt einer Familiengeschichte und wie ich dabei durch Zufall auf den vergessenen Mord gestoßen war. Der Reporter hatte meine Texte verwendet.

Der Titel wird weder der Polizei noch den möglichen Tätern gefallen haben, dachte ich. Und dann noch mit Foto. Es fehlte nur meine Adresse, um die Attentäter auf meine Spur zu lenken.

Ich war gespannt, was der Kommissar dazu sagen würde. Vermutlich stand mir eine weitere Schlammschlacht bevor.

Mühsal des Reichtums

Ende August 1960 war der Siegfried in einem Pflegeheim gestorben. Nach langer und schwerer Krankheit. Elisabeth sei bei ihm gewesen, erzählten sich die Leute im Dorf. Zuletzt habe sie ihn selten besucht, wurde getuschelt. Aber zu seinem Ende war sie dann doch da. Immerhin.

„Wehe, du wagst es, zur Beerdigung zu kommen“, hatte Elisabeth ins Telefon geschrien. „So ein Luder wie dich dulde ich nicht. Ich weiß, was sich zwischen Siggi und dir zugetragen hat.“

Siegfried habe es ihr auf seinem Totenbett gestanden. Ihr würde sie das niemals verzeihen. Wo sie denn das tote Kind verscharrt habe?

„Dora, du bist eine verfluchte Mörderin!“

Die war wohl völlig durchgedreht. Zwecklos, mit ihr zu reden. Was die sich in ihrem kranken Hirn so ausdachte. Aber sie musste sich vor der in Acht nehmen. Womöglich lief sie damit noch zur Polizei. Warum hatte der Siggi die Affäre nur gebeichtet? Das war doch Schnee von gestern.

Dass er wegen der Abtreibung depressiv geworden war, hatte sie nie geglaubt. Das lag in der Familie, wie jeder wusste. Seine Mutter hatte sich umgebracht. Aber sei's drum, es war nicht mehr zu ändern. Elisabeth blieb ihre Feindin. Als neue Vorsitzende des Tierschutzvereins konnte sie ihr viel Ärger machen.

Sie musste sich deshalb noch mehr um den Stall kümmern. Johann war etwas schlampig. Zur Beerdigung wäre sie ohnehin nicht gegangen, weil sie nichts Richtiges anzuziehen hatte. Außerdem war zu viel zu tun. Arbeit, Arbeit, nichts als Arbeit. Bis an den Rand des Erträglichen und darüber hinaus. Aber sie hatte es geschafft. Viel Land war dazugekommen. So um die 90 Hektar besaß sie inzwischen. Genau wusste sie es nicht.

„Ek bön nu en rechtege Buurin van enne grooten Hoff. Mej kann kenner et Waater reike."

Die Kleinbauern, deren Schuldscheine sie gekauft hatte, waren zu schwach für das Geschäft. Die sollten lieber zur Arbeit in die Fabrik gehen.

Aber für sie war die Landwirtschaft genau das Richtige. Sie war jetzt Jemand. Der Direktor der Raiffeisenbank hatte ihr Komplimente gemacht und sie gebeten, ihr Gespartes anlegen zu dürfen. In irgendwelchen Papieren, von denen sie nichts verstand. Sie vertraute lieber dem guten, alten Sparbuch. Den größten Teil des Geldes versteckte sie ohnehin im Haus. Da war es vor dem Finanzamt sicher. Dieser Schatz gehörte ihr ganz allein. Niemand sonst würde je erfahren, dass er existierte. Auch der Johann nicht.

Wer sollte es auch wagen, sie zu bestehlen? Wo doch jeder wusste, dass sie mit Kommissar Versteegen befreundet war. Ja, der Theo, den sie damals bei sich aufgenommen hatte, war zur Polizei gegangen und hatte Karriere gemacht. Auf ihren Theo konnte sie sich verlassen. Manchmal kochte sie für ihn seine Lieblingssuppe und er löffelte sie in ihrer Küche genussvoll aus. Wie in alten Zeiten.

Der Johann war selten dabei, denn er hatte was gegen die Polizei. Ob er etwas auf dem Kerbholz habe, fragte sie ihn. Der Knecht hatte sie kurz angeschaut, etwas vor sich hingemurmelt und war dann weggegangen.

Sie dachte nicht weiter darüber nach. Seine Vergangenheit war ihr egal. Seit er bei ihr war, hatte er sich nichts zuschulden kommen lassen. Sie vertraute ihm. Sie verstanden sich, obwohl im Bett nichts mehr zwischen ihnen lief. Er hat das akzeptiert, dachte sie.

Hauptsache, er blieb. Die Arbeit war schwer, zugegeben. Aber er bekam die modernen Maschinen von ihr, die er sich wünschte. Einige standen in der Scheune, ohne dass er sie je benutzt hätte. Johann pflegte sie alle mit großer Hingabe. Er war richtig vernarrt in seine stählernen Lieblinge.

„Dän ös nit ganz rechteg inne Kopp“, sagte sie sich.

Aber sie konnte sich über ihn nicht beklagen. Sie musste nur aufpassen, dass er sich nicht übernahm und zusammenbrach.

Deshalb hatte sie eine Magd eingestellt. Franziska Boskowitz hieß sie, eine billige Arbeitskraft. Die Eltern stammten aus Polen. Sie arbeitete schon einige Wochen auf dem Hof. Dora war mit ihr zufrieden. Sie half im Stall und fuhr mit Johann auf die Felder.

Wenn es ganz schlimm wurde, sagte Franziska ihrem Bekannten Bescheid. Egon Kuhn, ein Wanderarbeiter. Der hatte wache Augen, für Doras Empfinden ein wenig zu wach. Deshalb verschloss sie alle Wertsachen, wenn er da war. Hauptsache, er konnte gut zupacken. Und das konnte er, obwohl er schmächtig war.

Gelegentlich ließ sich Maria wieder blicken. Sie hatte sich lange nicht mehr sehen lassen.

„Kann ich etwas helfen?“ wurde sie dann von ihrer Nichte gefragt.

Sie hob kurz ihren Kopf, sagte, sie brauche keine Hilfe und schenkte ihr einige von den aussortierten Eiern, die sie sowieso nicht mehr verkaufen konnte. Franziska und der Aushilfsknecht seien ja da. Dora hatte ohnehin den Eindruck, dass Maria von ihrer Mutter Else geschickt wurde.

Vergebliche Erbschleicherei, denn bei ihr war nichts zu holen.

Wenn sie vor Johann sterben sollte, obwohl sie jünger war, würde er alles bekommen. Ohne Wenn und Aber. Das hatte sie vor einiger Zeit aufgeschrieben und einem Notar übergeben. Schließlich war Johann schon so lange bei ihr und stand in allem zu ihr. Außerdem wollte sie ihr Gewissen beruhigen. Sie hatte ihm nie den Lohn gezahlt, der ihm zustand. Von dem Testament wusste er nichts. Warum auch? Sie würde ihn doch überleben. Und nach ihrem Tod bekäme alles die Kirche.

In letzter Zeit schmerzte ihr Rücken. Sie verstand das nicht. Wo sie doch immer gesund war. Einmal war sie deshalb beim Arzt, der ihr riet, eine spezielle Gymnastik zu treiben. Sonst würde es nach und nach immer schlimmer werden. Aber wie sollte sie das anstellen? Sie war unabkömmlich. Und Gymnastik hatte sie jeden Tag genug auf dem Hof.

„De weltfremde Heere üt de Stadt. Vanne Buurrerej ken Aanong on dann gäwe sej Rootschlägh."

Die Schmerzen waren der Preis für die harte Arbeit, den sie zu zahlen hatte. Sie versuchte immer wieder, aufrecht zu gehen. Aber sie schaffte es nicht. Nur gebeugt konnte sie dem Schmerz ausweichen. Sie spürte, dass sich ihr Rücken allmählich in dieser Haltung versteifte, aber sie hatte keine Wahl. Sie erinnerte sich an eine alte Bäuerin aus ihrer Kindheit. Die war so verkrümmt, dass sie immer auf den Boden schauen musste.

„Dat Los van flittege Buure. Et Schikksal kann me nit üt de Wäg goon."

Johann dagegen war in guter körperlicher Verfassung und schaffte seine Arbeit. Er schien zufrieden. Ganz sicher war sie sich nicht. Sie würde ihn gelegentlich fragen. Wenn

Zeit dazu war. Die anderen Bauern, die noch aufrecht gingen, waren zu faul gewesen. Deshalb hatten sie ihre Höfe verloren. Sie war stolz auf ihren krummen Rücken. Wenn nur die Schmerzen nicht wären.

Der freundliche Kommissar

„Lieber Herr Gerlach, bitte setzen Sie sich. Hoffentlich haben Sie sich ein wenig erholt. Was war denn gestern Abend mit Ihnen los? Wir haben uns große Sorgen gemacht."

Ich verstand nicht, was der Kommissar meinte. Warum war er plötzlich so freundlich? Eine Reaktion auf Stratmanns Veröffentlichung?

„Was soll denn gewesen sein?"

„Sie können sich nicht erinnern? Wir haben Sie im Moorwäldchen gefunden. Sie waren vermutlich auf dem Weg zum Hotel und steckten im Schlamm."

Ich starrte Jansen ungläubig an.

„Sie wollen mich gefunden haben? Ich habe keinen Menschen gesehen."

„Ich war nicht dabei. Ein Kollege von mir, der Ihnen zu Ihrem Schutz folgte, hat bemerkt, dass Sie festsaßen. Als er befürchtete, dass Sie ins Moor geraten waren, rief er aus Vorsicht die Feuerwehr. Mit vereinten Kräften wurden Sie befreit. Man hat Sie gesäubert und zum Hotel transportiert."

„Das müssen Sie sich ausgedacht haben. Es war alles ganz anders. Sie wollen mich nur verwirren."

„Glauben Sie mir. Es war so, wie ich gesagt habe. Im Protokoll ist alles genau festgehalten. Sie können es nachlesen. Ich würde Ihnen dringend empfehlen, Ihre Nerven zu schonen und einen Arzt zu konsultieren."

Hoffentlich kommt er bald zum Thema, dachte ich. Was der so alles erzählte, um mich abzuwimmeln.

„Warum haben Sie mich eigentlich zu sich gerufen?"

„Okay, ich verstehe. Sie wollen nicht über das Geschehene reden. Aber denken Sie darüber nach. Sie haben zeitweise Ihre Orientierung verloren. Das muss einen Grund haben. Aber zur Sache. Die Akten bleiben für Sie verschlossen. Auch für die Presse. Aber ich habe interessante Neuigkeiten. Wir haben die ehemalige Magd Ihrer Großtante in den USA ausfindig gemacht. Sie hatte uns eine Menge zu erzählen."

„Franziska? Was hat sie gesagt?"

„Ich kann Ihnen nur das verraten, was die Magd über Sie berichtet hat."

„Wie bitte, über mich? Wie kommt sie dazu?"

„Nur Geduld. Nach der Mittagspause hab ich die Akte. Übrigens, haben Sie die Magd seinerzeit kennengelernt? Ich frage nur, weil Sie Frau Boskowitz so vertraulich duzen."

„Ich kannte sie nur vom Hörensagen. Eine Magd wurde damals immer mit dem Vornamen angesprochen. Den Nachnamen habe ich erst kürzlich erfahren."

„Nun gut. Die zweite Neuigkeit: Wir haben den Brandstifter ermittelt und vorläufig festgenommen. Es ist ein Hausbesitzer aus der Siedlung, die alle Doras Land nennen. Eigentlich ein harmloser Kerl. Jemand muss ihn gegen Sie aufgehetzt haben. Wir werden es schon herausbekommen. Was sagen Sie dazu?", fragte der Kommissar und schaute mich erwartungsvoll an, als erwarte er ein Lob.

„Nun ja. Eigentlich geht es immer noch um den Mord an Dora und nicht um meine Person. Insofern hält sich meine Freude in Grenzen. Aber für Sie ist es sicher wichtig."

„Haben Sie nicht bemerkt, dass wir es inzwischen auch mit einem Fall Andreas Gerlach zu tun haben? Sie nehmen die Dinge nicht ernst genug. Aber gehen wir erst mal essen. Ich lade Sie in unsere Kantine ein. Normalerweise ist der

Zutritt für Außenstehende verboten. Wir machen heute mal eine Ausnahme, weil Sie so leiden mussten."

Viel Aufhebens um eine kleine Geste der Höflichkeit. Was bezweckte der Kommissar damit? Eigentlich war es mir egal.

Erst später wurde mir klar, was er im Schilde führte. Mir läuft es noch heute eiskalt den Rücken herunter, wenn ich daran denke.

Seilschaft in Not

Sie hatten lange ihre Ruhe gehabt und es war ihnen gut gegangen. Niemand konnte sich beschweren, dass er zu kurz gekommen war. Sie hatten viel Geld verdient. Sie dachten, es ginge so weiter bis zum Ende ihrer Tage, aber alles hatte sich verändert. Die Polizei befasste sich wieder mit der alten Geschichte, die Presse war eingestiegen, die Leute redeten. Kurz gesagt, die Lage war nicht ungefährlich. Sie wussten, was sie damals angestellt hatten, um an Doras Land zu kommen. Aber ihr Netzwerk hatte sie seinerzeit abgesichert. Deshalb hatte man sie in Ruhe gelassen.

Inzwischen war das Netz löchrig geworden. Viele Unterstützer waren gestorben oder zu alt. Auch die sozialen Verhältnisse hatten sich verändert. Die Menschen dachten anders, sie waren aufmüpfiger geworden.

Zu allem Überfluss war dieser Mensch aus Frankfurt zurückgekommen. Er gab nicht auf, der verfluchte Kerl. Er würde Jansen so lange auf die Nerven gehen, bis der, nur um endlich seine Ruhe zu haben, die Akten noch einmal studierte. Dabei würde der Kommissar zwangsläufig auf ihre Aussagen stoßen und sich womöglich neue Fragen stellen. Er könnte nachhaken. Auch Stratmann drängte die Polizei zum Handeln. Was also war zu tun? Ließen sie es mit sich geschehen oder sollten sie sich wehren?

„Um mich selbst mache ich mir keine Sorgen", sagte der Chef. „Ich habe mich, wie ihr wisst, immer im Hintergrund gehalten. Bei denen, die damals dabei waren, sehe ich die größeren Probleme. Aber keine Sorge, ich lasse niemanden im Stich. Wir sitzen alle in einem Boot. Vorschläge?“

„Wir sollten den Gerlach totschlagen und mit ihm seine Frau in Frankfurt!“

„Damit die Leute gleich mit dem Finger auf uns zeigen und schreien, die waren es. Wir müssen geschickter vorgehen. Mord fällt zu sehr auf.“

„Dann erledige ich das eben alleine.“

„Das kannst du vergessen. Viel zu gefährlich. Für so was brauchst du Rückendeckung. Du handelst nicht auf eigene Faust!“

„Wir könnten dem Gerlach Geld anbieten.“

„Gerlach ist Idealist. Sonst würde er nicht so naiv auftreten. Bestechung ist also zwecklos. Außerdem würde Stratmann alleine weitermachen. Ich kenn ihn doch. Gegen den sollten wir übrigens eine Pressekampagne starten. Außerdem werde ich nach Frankfurt fahren und meine alten Kontakte zum Bahnhofsviertel auffrischen. Was wäre, wenn der Frau etwas passiert? Dann würde dieser Spinner Gerlach endlich kapieren, dass das Ganze kein Spiel ist. Es gibt da jemand, der das gerne für uns erledigen würde. Die Kosten wären auf uns alle umzulegen.“

„Was planst du? Eine Entführung oder einen Anschlag?“

„Weiß ich noch nicht. Mein Bekannter ist ein Experte für unblutigen Terror. Der wird schon das Richtige finden. Seid ihr mit meinen Vorschlägen einverstanden? Ich sehe keinen Widerspruch. Okay, so beschlossen.“

Erste Vernehmung

Der Kantinenbesuch war unangenehm verlaufen. Während Kommissar Jansen von allen Seiten freundlich begrüßt wurde, gab es für mich nur verstohlene Seitenblicke. Mir schien, als habe er die Situation nur arrangiert, um mich zu verunsichern. Wahrscheinlich reine Einbildung. Dazu war ich für ihn zu unwichtig, dachte ich.

Jedenfalls brachte ich nichts von der Suppe herunter. Dem Kommissar schmeckte es gut, wie ich an seinem geräuschvollen Schlürfen erkennen konnte.

„Sie haben keinen Hunger? Schade, die Eintöpfe sind hier immer ganz vorzüglich. Aber wenn man keinen Appetit hat. Sie haben ja auch viel mitgemacht. Ich bin gleich fertig."

In seinem Büro kam Jansen auf das Protokoll zurück. Danach habe Dora Franziska anvertraut, dass sie verzweifelt nach einem geeigneten Erben suchte. Johann sei wegen seiner Schwäche nicht infrage gekommen und ihrer Nichte Maria gönnte sie es nicht. Franziska gab zu Protokoll, dass sich Dora an den Jungen erinnerte, den sie während der Nachkriegszeit wie einen Sohn geliebt hatte. Der könne ihre Nachfolge antreten, falls er geeignet und bereit sei. Dora sei von dieser Idee ganz begeistert gewesen.

„Sie ahnen, wer gemeint war? Sie schütteln den Kopf? Kaum zu glauben. Ein gewisser Andreas Gerlach sollte das Erbe antreten."

„Wie bitte?"

„Ja, Ihnen traute Dora zu, dass Sie das Land vor der

Bau-Mafia schützen, für Johann sorgen und mit der Verwandtschaft fertig werden könnten. So sagt jedenfalls unsere Zeugin."

„Das ist eine Lüge! Dora und ich hatten doch überhaupt keinen Kontakt. Wie konnte sie mich nach so langer Zeit beurteilen? Sie hatte sich in eine fixe Idee verrannt."

„Dora hat mehrfach mit Ihren Eltern gesprochen. Dabei erfuhr sie, dass Sie in Berlin studierten. Unter anderem Betriebswirtschaft. Das passe doch hervorragend, habe sie gesagt."

„Von alledem wusste ich nichts. Das sieht meinen Eltern ähnlich."

„Laut Franziska Boskowitz wurde Stillschweigen vereinbart. Vor allem deshalb, weil Ihre Eltern von Doras Idee nichts hielten. Sie sollten erst Ihren Abschluss machen. So hat Dora ihr Vorhaben schließlich aufgegeben. Sie hätte gerne mit Ihnen direkt gesprochen, aber sie wollte Ihre Eltern nicht hintergehen."

„Was denkt sich Franziska dabei, das alles auszusagen? Ich kann es einfach nicht glauben. Welches Verhältnis hatten die beiden eigentlich zueinander?"

„Ein sehr vertrauensvolles, außergewöhnliches Verhältnis, wie Frau Boskowitz versichert. Dora betrachtete sie zuletzt wohl eher als ihre Tochter und nicht mehr als Magd. Und Franziska hat ihre Herrin, wie sie sie im Protokoll mehrfach nennt, offenbar geliebt und bewundert."

„Ich werde gleich morgen meine Mutter zu der Geschichte befragen, obwohl ich fürchte, dass sie sich nicht mehr erinnern wird."

„Sind Sie sicher, dass Sie nie von Doras Absicht gehört haben? Das war doch eine Riesenchance. Ich kann Ihre Eltern nicht verstehen."

„Ich habe nichts gewusst. Sie sind der Erste, der mir davon erzählt."

„Das glaube ich Ihnen aufs Wort. Wenn Sie damals mit Dora Kontakt gehabt hätten, wären Sie nicht auf die verrückte Idee gekommen, die möglichen Hintergründe dieses alten Mordfalles aufzuklären. Bitte entschuldigen Sie die Formulierung. Jedenfalls wäre Ihnen dann schon längst bekannt gewesen, was Sie uns heute zu Ihrer Familiengeschichte fragen."

„Unterstellen Sie mir etwa, dass ich Ihnen was vorspiele? Sie denken doch nicht, ich sei 1965 in irgendeiner Weise involviert gewesen? Dass denken Sie doch nicht wirklich, oder?"

„Um Gottes willen, nein! Aber Sie haben doch sicher Verständnis dafür, dass wir Ihren damaligen Aufenthaltsort überprüfen. Das wird nach so langer Zeit schwer genug werden. Wo haben Sie damals gewohnt?"

„Ich dreh gleich durch. Irgendwo in Berlin-Dahlem, glaub ich, in einem Studentenwohnheim."

Ich stand auf und schaute den Kommissar an. Was ging nur in dessen Kopf vor? Stand ich jetzt unter Mordverdacht? Ausgeschlossen! Dieser Jansen wollte mich auf den Arm nehmen. Eine ganz schlechte Komödie, die der da aufzog.

Ich wundere mich, dass ich diese Einzelheiten heute noch so genau weiß. Ich muss wirklich geschockt gewesen sein. Aber es kam noch schlimmer.

„Bitte haben Sie Verständnis. Wir müssen allen Spuren nachgehen. Ich halte Sie auf dem Laufenden. Wo sind Sie zu erreichen? Noch einen Tag hier und dann wieder in Frankfurt? In Ordnung. Wir sehen uns."

Beim Bürgermeister

Wer Anderen eine Grube gräbt, fällt selbst hinein. Das war der Leitspruch meines Vaters, der mir jetzt in den Sinn kam. Ich hatte ihn zahllose Male anhören müssen und mich darüber lustig gemacht. Und nun war ich selbst in eine Grube gefallen und zum Verdächtigen geworden.

Als ob das Schlammloch nicht schon gereicht hätte. Eine groteske Entwicklung.

Wie kam der Kommissar nur auf solche Ideen? Ich hatte nach meiner Kindheit niemals wieder Kontakt mit der Tante. Oder etwa doch? Ausgeschlossen! Wahrscheinlich war alles nur ein großes Missverständnis.

Als ich an der frischen Luft vor dem Polizeigebäude stand, ging mir die Aussage Franziskas noch einmal durch den Kopf. Hatte mich Dora wirklich wie einen Sohn geliebt und mich tatsächlich zu ihrem Erben machen wollen? Oder war das von der Magd frei erfunden? Aber welchen Grund könnte sie für eine solche Lüge haben? Um sich wichtig zu machen?

Oder waren mein Brief von 1965 und meine Träume Ausdruck einer tieferen Bindung, die zwischen der Tante und mir bestand und von der ich bisher nichts geahnt hatte? War es die Energie der toten Dora, die mich zu ihr zurückgeführt hatte?

In Gedanken versunken und von meinen Ängsten geplagt, war ich, ohne dass es mir bewusst war, zum Bürgermeisteramt gegangen. Stratmann erwartete mich bereits, denn ich hatte mich, wie ich erst jetzt feststellte, ein wenig verspätet. Kein Wunder bei den Ereignissen.

„Hatte schon befürchtet, Sie hätten den Termin vergessen. Sie sehen angegriffen aus. Fühlen Sie sich gesund? Ist etwas passiert? Wie war es bei Jansen?“

Ich beschloss, ihm nichts Wesentliches zu erzählen. Weder von dem nächtlichen Spaziergang, noch von dem Verdacht des Kommissars. Er würde nur alles aufbauschen und einen reißerischen Artikel schreiben.

„Ein kurzes Gespräch über den Stand der Ermittlungen. Nichts Wichtiges. Jansen erwähnte einen Brief, den eine frühere Magd Doras aus den USA geschrieben haben soll. Einzelheiten hat er nicht verraten. Sie kennen ihn ja.“

„Franziska Boskowitz hat ausgesagt? Da hat sich die Polizei aber Mühe gegeben, sie zu finden. Würde viel dafür geben, wenn ich wüsste, was sie zu berichten hatte. Wäre doch auch für Sie interessant, oder?“

„Ich weiß nicht. Sollten wir nicht reingehen? Wie war noch der Name?“

„Willi Wilbers. Der Herr Bürgermeister wartet gerne. Ist immer froh, wenn er was erzählen kann.“

„Hallo, Herr Gerlach! Guten Tag, Herr Stratmann. Schön, dass Sie kommen konnten. Alle im Dorf sprechen nur noch von Ihren Recherchen. Spekulationen schwirren herum. Die Leute vom Niederrhein reden gern und viel. Hat schon Hans Dieter Hüsch gesagt. Kam aus dieser Gegend. Ist vor Kurzem gestorben. Unser Stichwort: der Tod. Tante Doras Tod. Fangen wir also an.“

Das Gespräch hätte ich in meiner Verfassung besser absagen sollen. Es war die reine Strapaze.

Wilbers schilderte lang und breit die Geschichte seines verstorbenen Vaters Adolf und wie es dazu kam, dass er dessen Nachfolger wurde. Schließlich gelang es Stratmann mit Mühe, den Redeschwall auf unser eigentliches Anliegen zu lenken.

Daraufhin begann dieser, in aller Ausführlichkeit darzulegen, dass sich sein Vater an der Spekulation um Doras Land beteiligt hatte. Er habe entdeckt, dass die Umwandlung in Bauland von „dem Menschen, der sich sein Vater nannte", so drückte er sich tatsächlich aus, betrieben worden sei und dass dies wahrscheinlich in enger Zusammenarbeit mit alten Volksgenossen aus der Nazizeit geschehen war. Er konnte sich gar nicht genug mit diesem Thema beschäftigen, schien geradezu stolz darauf, es zu erzählen. Wollte er von eigenen Missetaten ablenken?

Ich war zu erschöpft, um darüber nachzudenken. Zur Aufklärung der Tatumstände trug das alles jedenfalls nicht bei.

„Wenn Sie weitere Fragen haben, meine Tür steht Ihnen jederzeit offen. Herr Stratmann hat jetzt wohl einiges zu schreiben, glaube ich. Ich sehe schon das Glitzern in seinen Augen. Tun Sie, was Sie nicht lassen können. Ich habe ein reines Gewissen."

Wir verabschiedeten uns schnell.

„Die Vergangenheit seines Vaters hat er uns schon öfter präsentiert. Ursprünglich wollte er sie gar nicht kennen, aber ich habe ihm diesbezüglich mehrfach auf die Sprünge geholfen. Die Fakten aus der Nazizeit, die ich gefunden habe, ließen sich letztlich nicht mehr ignorieren. Seitdem tritt er die Flucht nach vorn an."

„Schon frech, dass er das alles in Ihrer Gegenwart so erzählt, als sei es gerade frisch gebeichtet. Hat er etwas Neues gesagt?"

„Er ist ein Schwätzer, mit dem man aber reden muss, um den Recherchen einen offiziellen Anstrich zu geben. Ich glaube, dass er über die Bauland-Mafia mehr weiß, als er zugibt. Unter uns. Ich schließe nicht aus, dass er auch auf diesem Gebiet der Nachfolger seines Vaters geworden ist."

„Haben Sie Beweise?"

„Nein, noch nicht. Ist Ihnen übrigens aufgefallen, dass er ein sehr distanziertes Verhältnis zu seinem Vater hat? Nicht politisch, sondern menschlich? Wie der von seinem Vater sprach, richtig verächtlich. Das war neu für mich. Ich glaub, da steckt mehr dahinter."

„Bringt uns das in unserem Fall weiter?"

„Keine Ahnung. Doch zu Ihnen. Sie sehen krank aus. Ich mach mir Sorgen. Was ist los?"

„Es wird mir alles zu viel. Ich fahr nach Hause und leg eine Pause ein."

„Tun Sie das und lassen Sie sich pflegen. Mit schönem Gruß an Ihre Frau. Ich bleibe am Ball und halte Sie auf dem Laufenden. Man hat mir übrigens zugeflüstert, dass ich die alten Akten zu Doras Ermordung einsehen kann. Natürlich inoffiziell und gegen Cash. Ist doch gut, oder?"

Ich nickte schwach. In Gedanken war ich schon zu Hause. Außerdem dachte ich sorgenvoll an die Nachforschungen des Kommissars. Was war damals geschehen und war ich beteiligt? Ich grübelte verzweifelt, aber da war nichts. Keine Erinnerung.

Den Brief aus dem Jahr 1965 hatte ich auch vergessen, bevor ich ihn zufällig wiederfand. Und dann die Sache in dem Moor. War mein Gedächtnis nicht in Ordnung?

Ein Duell

Dora lag auf ihrer Pritsche im Stall. Nur dort fühlte sie sich geborgen. In der Nähe ihrer Kühe und Schafe.

Sie war aufgestanden, um das Vieh zu füttern. Sie musste gut füttern, denn heute kam Elisabeth Mölders, um sich wieder einmal die Tiere anzuschauen. Die wollte sie nur schikanieren. Sie hasste Dora wegen Siegfried und traktierte sie, wann immer ihr dies möglich war.

„Wenn du die Tiere vernachlässigst, lasse ich den Stall schließen“, hatte sie ihr angedroht.

Was dachte die sich? So eine Unverschämtheit! Ihr Vieh war immer gut versorgt. Na ja, Johann hatte neulich gesagt, die Kühe sähen abgemagert aus. Aber Johann sah nicht mehr gut. Seine Augen wurden immer schlechter und zupacken konnte er auch nicht mehr richtig. Und so blieb schließlich alles an ihr hängen. Doch sie war stark, sie schaffte alles – trotz ihres Alters. Ihr Leben lang hatte sie immer alles geschafft. Die Tiere waren das Wenigste. Schafe und Kühe waren in guter Verfassung. Vernachlässigen, was dachte sich dieses Weib? Sie hatte ihr Vieh noch nie vernachlässigt. Momentan gaben die Kühe wenig Milch, aber das war nur vorübergehend. Im Frühjahr hätten sie wieder ihre normale Leistung.

„Dorothea, bist du im Stall?“

Dora schreckte aus ihren Gedanken auf und schaute zur Tür. Da stand doch diese Hexe schon im Eingang. Hinter ihr zwei Männer. Die hatte sie wohl zur Verstärkung mitgebracht.

„Kannst du mal mehr Licht machen? Man sieht ja

nichts."

„Watt wess do?"

„Wir wollen uns umsehen. Du hattest eine Frist bis zum Anfang des neuen Jahres. Heute haben wir den 15. Januar 1963. Das ist der Termin, den wir dir geschrieben haben. Dann lass mal sehen."

Sie knipste ihre Taschenlampe an.

„Die Tiere sind total verdreckt. Einige haben Wunden und Geschwüre. So viel sehe ich schon. Sie müssen ans Tageslicht, damit wir das genauer begutachten können."

„Sej bliewe inne Stall. Butte ös et te kald."

„Männer, treibt die Schafe raus und dann die Kühe. Ich muss sehen, ob sie so abgemagert sind wie beim letzten Mal."

Die Männer versuchten, der Anweisung zu folgen. Die Schafe sprangen wie wild durcheinander. Die Kühe zerrten an ihren Ketten. Dora stand da, mit einer Mistgabel in der Hand.

„Blos öwer min Likk!", rief sie und stieß die Forke in Richtung der Männer, die zurückwichen. Sie fuchtelte mit dem Gerät herum, schimpfte, drohte und verteidigte ihr Revier.

„Verdammdes Pakk! On do, kömmer do dech öm dinnen eigenen Drekk!" Mit der drohend gegen sie gerichteten Forke hielt sie die drei auf Abstand.

„So geht das nicht!" schrie einer der Männer.

„Dich krieg ich noch, verfluchte alte Hexe", kreischte Elisabeth.

„Wir kommen wieder, das nächste Mal mit der Polizei. Du kriegst eine Anzeige und dein Vieh wird beschlagnahmt."

„Dann könnt ou op di Flint van Jann freuje."

Sie drehte sich um, warf die Stalltüre hinter sich zu und machte sich daran, die aufgeregten Tiere zu beruhigen.

Erschöpfung

Ich hatte meinen Wagen bei Stratmann stehenlassen, denn ich fühlte mich zu schwach, selbst nach Hause zu fahren. Stattdessen nahm ich den späten ICE nach Frankfurt.

Zu Hause angekommen, war ich nicht ins Schlafzimmer gegangen, um Anna nicht zu stören. Ich setzte mich in den alten Lieblingssessel, schloss die Augen, versuchte, nachzudenken, konnte aber keinen klaren Gedanken fassen und saß bewegungslos da. Mit leerem Blick starrte ich auf den eingeschalteten Fernseher. Die Kopfschmerzen, die sich in letzter Zeit einstellten, wurden stärker.

„Hör endlich auf damit", fuhr mich Anna beim Frühstück an. „Es kommt nichts dabei heraus und du machst dich noch völlig verrückt. Du bist ja kreidebleich."

„Dieser verfluchte Jansen! Er untersucht, ob ich damals am Tatort war. Völlig absurd. Wahrscheinlich sieht er mich schon als den Mörder. Der Drohbrief, der Anschlag und jetzt das. Ende! Es ist genug. Soll doch Stratmann weitermachen, wenn er will. Mir egal."

„Das ist doch nicht zu fassen! Dieser ignorante Heini von einem Kommissar! Wir gehen dagegen vor. Gleich morgen rufe ich einen Anwalt an. Und du nimmst ein Bad und legst dich dann ins Bett. Ich koch dir einen Beruhigungstee. Morgen gehst du zum Arzt. Denk an deinen Blutdruck. Du weißt, dass du vorsichtig sein musst."

„Wenn ich einschlafe, träume ich von Dora. Die geht mir inzwischen richtig auf die Nerven. Mir fehlt die Distanz, ich weiß nicht mehr, was passiert. Es geschieht einfach mit mir und ich kann nichts dagegen tun. Und dann diese Kopfschmerzen. Es ist nicht zum Aushalten."

„Wenn jemand anruft, sage ich, du seist nicht zu sprechen."

Ich nickte ergeben und legte mich in die Badewanne, schloss die Augen und versuchte, an den letzten Urlaub auf Sardinien zu denken.

Wir hatten uns gut erholt. Baden, wandern, gut und gemütlich essen. Es war einfach Klasse gewesen. Könnte ich doch die Zeit zurückdrehen und wieder dort hingehen. Wie war ich nur auf die verrückte Idee gekommen, die Geschichte einer Toten aufzuschreiben? Ihr Schatten hatte sich auf mein Leben gelegt wie ein Leichentuch über meinen Körper.

Als Anna mich fand, muss ich, immer noch in der Wanne liegend und mit geschlossenen Augen, wild um mich geschlagen haben. Sie konnte mich kaum bändigen, sagte sie mir nachher. Ich war nicht mehr bei Sinnen und kurz davor gewesen, zu ertrinken.

„Wach auf, Andreas! Um Gottes willen, wach auf!"

Ich hörte sie rufen, wie aus einer anderen Welt.

„Komm, ich helfe dir. Langsam, Schritt für Schritt. Leg dich hin."

Ich tat, was sie mir befahl und fiel in einen tiefen Schlaf. Am Abend wachte ich auf. Was war tagsüber passiert? Ich wusste es nicht mehr. Anna hat es mir später erzählt.

In der Nacht vernahm ich Kratzgeräusche an einem der Wohnzimmerfenster. Ich hatte mich aus Rücksicht auf meine Frau auf die Couch gelegt. Es hörte sich an, als versuche jemand, hereinzukommen. Als ich aufstand, das Licht anknipste und nachsah, war es wieder ruhig. Nachdem ich das Licht wieder ausgeschaltet hatte, setzte das Kratzen erneut ein. Diesmal schlich ich in der Dunkelheit zum Fenster und sah einen Schatten, der weghuschte. Bis zum Morgen saß ich am Fenster und hielt Wache. Anna erzählte ich nichts, um sie nicht zu beunruhigen. Vielleicht war alles nur Einbildung? Was ging in meinem Kopf vor? Wurde ich langsam verrückt?

Ich hörte das Kratzen auch in den folgenden Nächten. Eigentlich Grund genug, die Polizei zu rufen. Zu der aber hatte ich jegliches Vertrauen verloren. Sie würde mir ja doch nicht glauben. So versuchte ich, allein standzuhalten, ließ das Licht an, blieb wach und auf dem Sprung.

Nach einer Woche brach ich zusammen. Mit Verdacht auf einen Infarkt kam ich ins Krankenhaus. Den Termin beim Anwalt sagte Anna ab.

Körperlich sei ich gesund, nur sehr erschöpft, stellten die Ärzte fest. Und meine Nerven seien nicht in Ordnung. Ich benötige dringend ärztliche Hilfe. Ein Aufenthalt in der Klinik sei notwendig.

Ich hielt das nicht für nötig, fügte mich aber, weil mich Anna drängte, den Rat der Ärzte zu befolgen. Ich glaube, sie war zu diesem Zeitpunkt am Ende ihrer Kraft. Aber sie nahm sich zusammen, wie immer.

Ich habe mir vorgenommen, in Zukunft mehr auf sie zu achten. Hoffentlich habe ich meinen Bericht bald fertig und finde endlich wieder mehr Zeit für meine Familie.

Stabwechsel

Ich war aus dem Rennen. Stratmann wollte die Nachforschungen unbedingt fortsetzen, auch allein. Er schien besessen davon zu sein. Mir war es egal, denn ich hatte andere Sorgen. Ich glaube, er suchte auf diese Weise seinen Vater, der ihn verleugnete. Er wollte Franz Heisters als Kriminellen entlarven, sich ihm dadurch aber auch nähern.

Ich kann es mir bis heute nicht anders erklären, dass Stratmann so am Ball blieb. Für einen gestandenen Journalisten konnte es doch keine Herausforderung sein, sich mit einer vergessenen Mordsache zu beschäftigen. Aber das war seine Sache.

Wir waren uns in letzter Zeit menschlich nähergekommen, wir duzten uns inzwischen. Er versprach, mich über seine weiteren Schritte auf dem Laufenden zu halten, was er auch zuverlässig tat. Vieles hat er protokolliert, insbesondere seine Gespräche.

Er war auch ohne Zustimmung von Polizei und Staatsanwaltschaft an die Akten zum Mordfall Duiffels herangekommen. Einfach sei es nicht gewesen, sagte er, und es habe auch eine Kleinigkeit gekostet. Gut, dass er Leute kannte, die ihm halfen.

„Nur eine Stunde und keine Kopien! Wenn die Chefs davon erfahren, bin ich geliefert", sagte der Mann, der ihm zu später Stunde die Tür zum Archiv aufschloss.

„Du kennst Jansen. Mit dem ist nicht zu spaßen."

„Keine Sorge, ich bin gleich wieder weg. Zieh die Vorhänge zu und schon geht's los. Du hast etwas gut bei mir."

Er sah die Unterlagen rasch mit der gebotenen professionellen Gründlichkeit durch. Es waren zwölf Ordner.

Die Umstände der Ermordung Doras waren vom damaligen Kommissar Versteegen dem Anschein nach routiniert untersucht worden. Er hatte die Verdächtigen vernommen, manche mehrfach, mit Verwandten und Bekannten gesprochen, Ortsbesichtigungen durchgeführt und so weiter. Alles war gut dokumentiert. Die Spurensicherung hatte im Rahmen der damaligen Möglichkeiten gründlich gearbeitet.

Zunächst war der Hilfsknecht Egon Kuhn verhaftet worden, weil er in der Nähe des Hofes gesehen worden war. Aber ihm war nichts nachzuweisen und die Polizei ließ ihn laufen. Am Ende standen alle unter Verdacht, die auch heute noch zu nennen waren: das Bauland-Netzwerk mit Franz Heisters an der Spitze.

Dass der sein Vater war, stand auch da. „Hat einen unehelichen Sohn namens Gert Stratmann, den er nicht zur Kenntnis nehmen will. Die Mutter ist kürzlich verstorben". Der Vorgang sei öffentlich nicht bekannt und das solle auch so bleiben, schrieb Versteegen. Stratmann musste tief durchatmen, als er das las. Hass stieg in ihm auf. Vergangenes Geschehen war plötzlich wieder präsent und nahm ihn für kurze Zeit gefangen. Er dachte daran, wie unglücklich seine Mutter war, bevor sie starb. Sie war immer eine stolze Frau gewesen, bevor sie Heisters kennenlernte. Dieser Mensch hatte sie nur ausgenutzt und gedemütigt. Als sie sich von ihm trennen wollte, hatte er sie in einen Wald geschleppt, vergewaltigt und dort liegen lassen. Heisters hatte damals großen Einfluss und gute Verbindungen, auch zur Polizei. Er stritt alles ab. Man glaubte ihm und die Nachforschungen wurden eingestellt. Das Kind, das sie danach zur Welt brachte, sei sicher von einem der vielen Verehrer seiner Mutter gezeugt worden, ließ Heisters verbreiten. Er dachte gar nicht daran, sie zu unterstützen. Sie hatte keine Chance gegen ihn.

Jahre später, er arbeitete bereits als Journalist, hatte Gert versucht, zu seinem Vater Kontakt aufzunehmen, wollte ihn kennenlernen, dachte, dass sie über seine Mutter reden könnten. Er schrieb ihm einen Brief, in dem er seinen Besuch in Mallorca ankündigte und um eine Aussprache bat. Er bekam keine Antwort. Als er dennoch versuchte, auf das Anwesen seines Vaters zu gelangen und den Weg zur Finca hinaufging, wurden Hunde auf ihn gehetzt. Im Weglaufen sah er Heisters mit verschränkten Armen auf der Terrasse stehen. Dieser Verbrecher hatte das Schauspiel, das sich ihm bot, offensichtlich genossen. Das alles hatte sich ihm für immer eingeprägt. Als Vater war dieser Mensch für ihn gestorben. Sich an ihm zu rächen war zu seinem Lebensziel geworden.

Stratmann rief sich zur Ordnung und konzentrierte sich wieder auf die Akten. Als weitere Verdächtige wurden Maria Leffers, die spätere Generalerbin sowie deren Mann Josef genannt, der wiederum der Rechtsanwalt von Franz Heisters war.

Auch Heisters und Konsorten waren vernommen worden – ohne Ergebnis, wie auf einem kleinen Zettel notiert war. Die hatten bestimmt ihre Finger mit im Spiel, dachte Gert Stratmann. Die niederrheinische Mafia war doch immer dabei. Merkwürdig, es gab keine weiteren Einträge über die Bande. Hatte Versteegen sie geschützt?

Die Tierschützerin Mölders, so las Gert weiter, geriet unter Verdacht, weil sie eine private Fehde mit Dora hatte. Aber die hätte mit Gift getötet, war von Versteegen an den Rand gekritzelt worden.

Auch ein Gespräch mit Johann, dem Knecht, war dokumentiert worden. „Ein Opfer“, hatte der Kommissar notiert. „Johann hat Dora über alles geliebt, ist jetzt ganz allein und ohne finanzielle Absicherung. Ein armer Hund. Man sollte sich um ihn kümmern.“

Auch einige dunkle Seiten in Doras Leben wurden genannt, auf die der Kommissar im Zuge der Ermittlungen gestoßen war. Versteegen vermerkte, dass er ihnen nachgehen müsse, weil dort Motive für die Tat liegen konnten. Es war ihm offensichtlich schwergefallen, die von ihm verehrte Dora plötzlich in einem anderen Licht zu sehen und das auch noch aufzuschreiben. Vielleicht hatte er sich deshalb vorübergehend ablösen lassen, wie Gert an dem Namen eines anderen Ermittlers erkannte. Zum Beispiel habe sie in den Kriegszeiten viele Menschen weggeschickt, die hungerten und bei ihr bettelten. Darunter waren auch Einheimische, nicht nur Flüchtlinge, die schnell weiterzogen. Sie gab nur denen etwas, die Wertgegenstände eintauschen konnten. Das hatten ihr einige der Hiesigen nie vergessen, hatte der Kommissar notiert.

Er berichtete auch von Liebesaffären, die sie sich in aller Öffentlichkeit und ohne Rücksicht auf Johann leistete. „Dora galt in dieser Zeit als regelrecht mannstoll“, so wörtlich Versteegen. Zweimal wurde sie schwanger. Das erste Mal trieb sie ab.

Später soll sie, so Gerüchte, einen Jungen zur Welt gebracht und in der Kirche abgelegt haben. Das weitere Schicksal ihres Kindes wurde nie geklärt. Unterlagen existierten nicht. Versteegen ging davon aus, dass sie unmittelbar vor Kriegsende vernichtet wurden.

Der Pfarrer wetterte von der Kanzel gegen Dora. Einmal wurde sie tätlich angegriffen und als Nutte beschimpft. Der Angreifer konnte nicht ermittelt werden.

Schließlich ging aus den Akten hervor, dass einige Bauern von Dora um ihr Land betrogen wurden, indem sie deren Schuldscheine aufkaufte und sie zum Aufgeben zwang. So jedenfalls deren Aussagen. Konkrete Hinweise ergaben sich daraus nicht. Da kam doch eine ganze Menge zusammen.

Als Gert die Akten schon beiseitelegen wollte, entdeckte er beim abschließenden Durchblättern der Seiten die Adresse von Franziska Boskowitz in den USA. Sie war erst kürzlich vermerkt worden. Auch eine Telefonnummer stand da. Sehr interessant war auch ein neuer Eintrag zum möglichen Aufenthaltsort von Egon Kuhn. Er wurde ebenfalls in den USA vermutet. Vielleicht hatten sie ja Kontakt zueinander. Er notierte, was er herausgefunden hatte.

Schließlich fand Gert noch einen Brief, geschrieben von der jüngsten Schwester Doras namens Lene, adressiert an meine Mutter, die ihn aber, wie sie sagte, nie erhalten hatte. Die Polizei hatte ihn vermutlich abgefangen, weil der Brief kurz nach Doras Ermordung abgeschickt wurde.

Gert kopierte ihn heimlich, um ihn an uns weiterzuleiten.

Am nächsten Tag rief er Anna an.

„Wie geht es unserm kranken Heimatforscher? Hoffentlich hat er sich bald erholt und kommt wieder zurück."

„Ach, Sie sind's, Herr Stratmann. Andreas ist nicht zu sprechen. Er war mit den Nerven völlig am Ende. Ich musste ihn ins Krankenhaus bringen."

„Ach du meine Güte. Und dass bei den interessanten Nachrichten, die ich habe. Das hätte ihn sicher wieder aufgerichtet."

„Er war doch zur Tatzeit in Berlin, oder?"

„Wieso zur Tatzeit in Berlin? Ich weiß nicht, wovon Sie

sprechen."

„Von dem Verdacht hat mein Mann Ihnen bestimmt erzählt."

„Kein Wort!"

„Der Kommissar vermutet, angeregt durch eine schriftliche Aussage von Frau Boskowitz, dass mein Mann damals nicht in Berlin war, sondern bei Dora."

„Wie bitte? Das ist doch völlig absurd! Die Magd hat sich bestimmt geirrt. Ich werde Jansen zur Rede stellen. Beruhigen Sie sich. Es wird sich alles aufklären."

„Apropos aufklären - wollten Sie nicht versuchen, die Akten einzusehen?"

„Ist gestern geschehen. Ich kann sagen, dass es sich gelohnt hat. Den Mörder hab ich noch nicht gefunden, aber es gibt wichtige Hinweise und Spuren. Ich hab auch den Eindruck gewonnen, dass die Polizei wieder ermittelt. Ich habe aktuelle Eintragungen gefunden. Erstaunlich und erfreulich. Ein Erfolg von Andreas."

Er berichtete ihr, was er herausgefunden hatte.

„Starker Tobak, vor allem Doras zweites Gesicht. Ich weiß nicht, ob ich ihn darüber informieren sollte."

„Sie können es ihm erzählen, wenn er wieder gesund ist."

„Mal sehen. Vielleicht kann ich ihm den Brief dieser Tante Lene vorlesen. Ob er wieder einsteigen wird? Ich glaube nicht. Wann werden Sie veröffentlichen, was Sie herausgefunden haben?"

„Keine Sorge. Erst dann, wenn alles geklärt ist. Herzliche Grüße an Andreas und die besten Genesungswünsche für ihn. Wir werden das Kind schon schaukeln."

„Machen Sie keine Scherze mit mir", sagte Anna.

Doras Leiden

Sie hatte doch immer alles im Griff gehabt. Warum blieb jetzt so viel Arbeit liegen? Was war mit Johann los? Warum half er kaum noch und stöhnte nur herum? Warum verrosteten die teuren Maschinen in der Scheune und kamen nicht mehr zum Einsatz? Sie hatte sie doch für Johann gekauft. Warum lagen die vielen Felder brach? Warum wurden sie nicht bewirtschaftet? Die Erde war doch gut und ertragreich. Schließlich war die Magd da und manchmal kam der Hilfsknecht. Das musste reichen. Aber der Hof verfiel vor ihren Augen. Sie war jetzt oft bei den Tieren, bei denen sie Trost fand. Das Gericht hatte sie ihr noch einmal für ein Jahr zugesprochen. Beim nächsten Termin, im März 1965, würde sie eine neue Ausrede finden. Elisabeth war vor Ärger fast geplatzt.

Maria wurde zu ihrer wichtigsten Hilfe. Die kümmerte sich um alles. Sie besorgte die Schmerzmittel, die sie inzwischen benötigte, und ging für sie zur Bank. Auf sie war Verlass. Ihr Rücken quälte sie Tag und Nacht. Johann war so undankbar. Warum tat er nichts? Er erbte doch alles. Wusste er das nicht? Hatte sie ihm das nicht gesagt? Er musste es doch fühlen. Hatte sie eine falsche Entscheidung getroffen? Sie konnte sich nicht mehr konzentrieren. Wo war das ganze Geld, das im Haus versteckt war? Sie suchte es jeden Tag und fand es nicht. Maria wusste auch nicht, wo es war.

Was bedeuteten diese anonymen Briefe, in denen sie aufgefordert wurde, ihr Land endlich zu verkaufen? Warum sollte sie das Land veräußern, das sie so mühsam erworben hatte? Es war ihr ganzer Stolz. Sie würde niemals verkaufen.

Auch wenn der Ortsvorsteher und dieser Makler Heisters noch so auf sie einredeten. Sie kamen jeden Tag auf den Hof. Der Makler sah gut aus. In den hätte sie sich verlieben können. Aber sie war zu alt für ihn. Und dann ihr Buckel. Sie schämte sich.

„Wir bieten einen guten Preis für deinen Acker", sagte er. „Dora, überleg es dir gut und lass dich nicht mit Unbekannten ein."

Sie konnte sich nicht erklären, warum alle so scharf auf die Felder waren. Es waren ganz gewöhnliche Felder. Nichts Besonderes. Marias Mann Josef, von Beruf Rechtsanwalt, riet ihr, über den Verkauf wenigstens nachzudenken. Warum nachdenken? Sie hatte keine Eile.

Der Pfarrer redete auf sie ein, verwies auf ihr Alter und ihren Gesundheitszustand. Sie könne sich vom Erlös einen schönen Lebensabend gestalten. Sie solle auch an Johann denken. Aber sie wollte sich ihren Lebensabend nicht nach dem Geschmack der Kirche gestalten. Sie hatte ihr Land zu bestellen. Ein Verkauf kam nicht infrage. Unter keinen Umständen. Sie brauchte das Geld nicht. Sie hatte genug davon. Wozu sollte sie es ausgeben? Und für Johann würde sie schon sorgen.

Ihr alter Freund Theo Versteegen warnte sie.

„Dora, sei vorsichtig, da braut sich was zusammen. Hast du von den Plänen gehört, Ackerland in Bauland umzuwandeln? Die Stadt will Menschen ansiedeln. Man will Großstadt werden. Deine 90 Hektar werden demnächst viel wert sein. Da sind viele Geschäftemacher scharf drauf. Die gehen über Leichen."

Sie konnte das, was ihr Freund sagte, nicht verstehen. Ihr Land war doch Ackerland und taugte nicht als Bauland.

Die hatten keine Ahnung.

Sie war eine alte Bäuerin, die große Schmerzen hatte. Wenn sie sich nur konzentrieren könnte wie früher. Dann wäre alles viel leichter. Es kam zu viel auf einmal. Sie hatte Angst, den Überblick zu verlieren. Von allen Seiten Angriffe. Wollte Theo ihr drohen? Es war niemandem zu trauen. Johann war nichts mehr wert. Dem konnte sie den Hof nicht geben. Das würde ihn überfordern. Schade, dass es mit Andreas nicht geklappt hatte. Vielleicht hätte sie mit ihm selbst sprechen müssen.

Zu spät.

Aber sie bekam Unterstützung von Maria. Die war jetzt jeden Tag da und bot ihre Hilfe an. Johann konnte die Nichte nicht leiden, aber sie war ihre letzte Rettung.

Schade, dass ihre Lieblingsschwester Lene so weit weg wohnte und mit ihrem Geschäft eigene Sorgen hatte. Dora wollte sie nicht auch noch belasten.

Sie schrieb daher auf, dass Maria alles bekäme, wenn sie einmal nicht mehr da wäre. Sie war ehrgeizig wie sie selbst. Deshalb konnte sie es schaffen. Johann vermachte sie eine kleine Rente. Dieses Testament deponierte sie, handgeschrieben und mit Unterschrift und Datum, im Geheimfach des alten Schreibtisches, das außer ihr nur ihre kleine Schwester kannte. Sie hatten es in ihrer Kindheit immer als Versteck für ihre Briefchen benutzt. Die Lene würde es schon finden und ihren letzten Willen respektieren.

Dem Notar traute sie nicht. Der dachte nur an sein Honorar. Außerdem wollte sie sich mit dem krummen Rücken und den Lumpen an ihrem Körper nicht in der Öffentlichkeit zeigen. Beim letzten Mal vor zwei Jahren hatten alle geglotzt.

Die Diagnose

Anna hat ein Gedächtnisprotokoll von dem Gespräch angefertigt, das sie mit dem leitenden Arzt führte. Ich zitiere die wichtigste Passage.

Arzt: Wir nehmen an, dass es nicht nur die aktuellen Ereignisse sind, die Ihren Mann belasten. Er trägt wahrscheinlich etwas mit sich herum, das er für lange Zeit verdrängt hat und das sich jetzt Bahn bricht. Er vermischt Träume und Wirklichkeit. Seine Großtante Dora muss für ihn eine besondere Bedeutung gehabt haben. Die Umstände ihres Todes quälen ihn. Er kann an nichts anderes mehr denken. Wir sind überzeugt, dass eine psychotherapeutische Behandlung seine Beschwernisse lindern und er so wieder Ruhe finden könnte. Selbstverständlich in Verbindung mit Medikamenten, die sich in solchen Fällen bewährt haben.

Anna: Eine Psychotherapie? Ich fürchte, damit wird mein Mann nicht einverstanden sein. Ich bin doch nicht verrückt, wird er sagen.

Arzt: Wir sollten ihm gemeinsam helfen, seine Vorurteile zurückzustellen und den therapeutischen Weg zu gehen. Er leidet, in unserer Fachsprache aus gedrückt, an einer Frühform der Alzheimer Erkrankung, die sich in visuellen Halluzinationen und einer psychotischen Depression manifestiert. Es gibt in seinem Fall kein anderes Heilungskonzept, das einen Erfolg verspricht. Er wird uns dankbar sein. Insofern können Sie ihm ruhig den Brief geben, den Sie mir gezeigt haben. Sein Inhalt wird ihm die dunkle Seite seiner Vergangenheit ein Stück näherbringen.

Anna: Die dunkle Seite? Etwas Kriminelles?

Arzt: Ich meinte dunkel im Sinne von noch unbekannt. Dieses Unbekannte sollte ihm wieder bewusst werden, damit er lernen kann, es zu akzeptieren und damit umzugehen.

„Na, dann vielen Dank, Herr Doktor. Ich denke, uns stehen schwere Zeiten bevor."

„Es wird nicht einfach werden. Aber der Einsatz lohnt bestimmt."

Ich hatte keine Ahnung, was da auf mich zukam. Es wurde kein Erholungsaufenthalt.

Doch zurück zum Ablauf der Ereignisse.

Anna wollte mir den Brief Tante Lenes eigentlich erst später aushändigen. Frühestens zu Hause. Aber das Gespräch mit dem Arzt brachte sie dazu, mich schon am nächsten Tag zu fragen, ob ich ihn lesen wolle. Ich schien ihr etwas stabiler zu sein als beim letzten Besuch.

„Kannst du mir bitte vorlesen?"

„Also gut. Sag mir, wenn ich abbrechen soll."
Sie nahm die Blätter und las langsam.

„Liebe Lisa,

Du hattest immer ein gutes Verhältnis zu Dora. Und die Dora hat Deinen Andreas gemocht.

„So hätte ich mir meinen Sohn und Nachfolger auf dem Hof vorgestellt", hat sie mir einmal gesagt. Deshalb schreibe ich Dir. Du kannst den Brief später gerne auch einmal Andreas zeigen. Jetzt nicht. Das würde ihn zu sehr aufregen. Er braucht doch Ruhe für sein Studium. Die Einen freuen sich, dass sie geerbt haben. Besonders Maria und ihr Mann, diese Abzocker. Die haben sich bei Dora angebiedert und waren zuletzt jeden Tag auf dem Hof. Sie sind durch die Kneipen gezogen und haben, wenn sie angetrunken waren, den

Leuten erzählt, dass sie bald groß erben werden. Ekelhaft! Andere ärgern sich, dass sie nichts abkriegen. Die meisten Geschwister und Anverwandten sind gleichgültig. Oder sie sagen, Dora sei selbst schuld an ihrem Tod gewesen. Wie hart können die Menschen sein! Ich bin traurig, dass sie nicht mehr da ist. Sie hat es nicht verdient, dass sie so gestorben ist. Immer hat sie schwer arbeiten müssen. Schon als Kind. Für alle in der Familie hat sie sich aufgeopfert. Allen hat sie geholfen. Mich hat sie immer zur Schule gebracht und bei den Schularbeiten unterstützt.

„Dem Nesthäkchen muss man doch helfen", hat sie gesagt.

Ich glaube, dass sie das Land, das sie später zusammengekauft hat, nicht für sich erwarb, sondern im Andenken an die Eltern, die das nie geschafft haben. Ich hab sie einmal danach gefragt und ihre Augen haben geleuchtet. Für den Hof hat sie alles getan. Sie hat ihr Leben dafür geopfert. Ihre Liebe. Den Johann. Menschen, die es gut mit ihr meinten. Alles hat sie geopfert. Geschäftemacher haben in letzter Zeit versucht, ihr das Land abzukaufen. Aber mit ihr war das nicht zu machen. Alles, was ihr gehörte, musste verteidigt werden. „Bis aufs Messer", hat sie gesagt. Als ob sie es gewusst hätte, wie sie einmal stirbt. Es gibt eben andere, stärkere Kräfte als die einer alten Frau, die an ihrem Platz bleiben will. Aber sie hat auch ausgeteilt, hat Leute gegeneinander ausgespielt. Vielleicht war bei denen der Hass auf Dora schließlich so groß, dass sie zu allem entschlossen waren. Manch einer könnte es gewesen sein. Wenn es die Polizei nicht herausfindet, werden wir es nie erfahren.

Für eine Frau hat sie ein ungewöhnliches Leben geführt. Ein stolzes Leben. Dafür ist ihr, wie mir auch, eine eigene Familie versagt geblieben. Liebe Lisa, ich denke, Du siehst das so wie ich. Wir hätten ihr noch viele Jahre des Lebens gegönnt. Und dass sie schließlich in Frieden hätte sterben können. Es hat nicht sollen sein. Wo bleibt die Gerechtigkeit? Die findet sie vielleicht im Himmel. Das wünsche ich ihr von Herzen und bete für sie. Herzlichst Lene!"

Ich saß da und hatte mit geschlossenen Augen zugehört. Ich stellte mir Tante Lene vor, wie sie an ihrem kleinen, verschnörkelten Schreibtisch in ihrem Büro saß und diesen Brief verfasste. Wie schwer musste sie die Ermordung der geliebten Schwester getroffen haben. Sicher hatte sie sich Vorwürfe gemacht, Dora nicht genug unterstützt zu haben. Warum aber teilte sie ihren Schmerz ausgerechnet meiner Mutter mit, mit der sie nach meiner Erinnerung wenig zu tun hatte? Wollte sie eigentlich mich damit erreichen?

Ich spürte, wie mir meine Vergangenheit immer näher kam und ich keine Chance hatte, ihr zu entgehen. Jahrzehnte war sie mir verschlossen gewesen. Jetzt hatte sie mich förmlich angesprungen. Zuerst mein merkwürdiger Brief in der Diktion eines Kindes, dann diese Träume , meine hilflosen Recherchen, jetzt Tante Lene mit ihrem Hinweis auf mich.

„Was ist los, Andreas? Hat dir der Brief so zugesetzt?"

„Es muss etwas geschehen, sonst verliere ich den Verstand."

„Die Ärzte werden dir helfen. Aber du musst dazu bereit sein. Hab Vertrauen und lass dir Zeit. Ich denke, Dora wollte nur das Beste für dich. Sie hatte nie etwas Böses im Sinn. Du brauchst keine Angst zu haben."

„Am liebsten würde ich schreien, aber das, was heraus will, bleibt mir im Hals stecken. Ich bin müde."

Gert gibt Gas

Nachdem klar war, dass ich mich nicht mehr an den Ermittlungen beteiligen konnte, nahm mein Freund Gert Stratmann das Heft in die Hand. Mit dem Familienschnickschnack könne ich mich ja befassen, wenn ich wieder dazu imstande sei, scherzte der Reporter. Er selbst wolle nunmehr die Angelegenheit zügig vorantreiben und erfolgreich zu Ende führen. Dazu sei der öffentliche Druck auf Polizei und Staatsanwaltschaft zu erhöhen. Er wollte möglichst viel aus denen herausquetschen. Das Jagdfieber hatte ihn gepackt. Er sah die Chance, so nebenbei auch seinen Vater zu bestrafen. Sein erster Weg führte ihn zum Kommissar.

„Wie kommen Sie auf die Idee, dass Herr Gerlach an der Ermordung Doras beteiligt war?"

„Wer sagt denn so was? So weit sind wir noch nicht. Aber ich kann immerhin nachweisen, dass er in der fraglichen Zeit nicht in Berlin war. Ehemalige Mitbewohner aus dem Studentenheim können das bezeugen."

„Herr Gerlach bestreitet das."

„Dann hat er was zu verbergen. Ich hörte, er liegt im Krankenhaus?"

„Er hatte einen Nervenzusammenbruch. Sie haben durch Ihren Verdacht sicher dazu beigetragen."

„Ich muss doch sehr bitten. Ich habe meine Pflicht getan. Was interessiert Sie denn an dem Fall? Das sind doch Altlasten, die niemanden mehr interessieren. Geht es Ihnen vielleicht um Ihren Vater?"

„Wie kommen Sie denn darauf? Ich werde diese Altlasten einer nachhaltigen Entsorgung zuführen, um in

Ihrem Bild zu bleiben. Ich werde alle Giftmischer aufspüren, die damals beteiligt waren."

„Du meine Güte! Da werden die sich aber vor Angst in die Hose machen! Immerhin, es ist, für mich überraschend, von der Staatsanwaltschaft entschieden worden, den Fall wieder aufzunehmen. Vermutlich wegen meiner neuen Spur."

„Andreas Gerlach als Verdächtigen können Sie vergessen. Aber Sie müssen ja wissen, was Sie tun. Halten Sie mich auf dem Laufenden?"

„Nur Geduld, mein Herr! Die Sprechzeit ist vorbei. Ich hab zu tun."

„Viel Spaß dabei."

Zurück in seinem Büro stellte Gert erfreut fest, dass Franziska Boskowitz auf seinen Anrufbeantworter gesprochen hatte. Sie sei zu einer Aussage bereit, wenn er sie wieder anriefe.

Es geht voran, dachte er. Heute ist ein guter Tag.

Als die Verbindung stand, meldete sich die Frau, die nach seiner Schätzung circa siebzig Jahre alt sein musste. Ihre Stimme klang überraschend jung.

„Hallo, Herr Stratmann", sagte sie freundlich.

„Vielen Dank für Ihren Rückruf."

„Ich freue mich, dass wir miteinander reden können. Hab schon viel Gutes über Sie gehört. Ich vertrau Ihnen. Sie werden sich fragen, warum mein Deutsch so gut ist. Meine Antwort: Ich lese viel und treffe mich mit deutschen Freunden, ehemaligen Kommilitonen. Außerdem schreibe ich für eine deutschsprachige Zeitung. Meine Zeit als Magd ist lange vorbei. Genug Infos?"

„Da sind wir ja Kollegen. Jedenfalls freue mich sehr, dass Sie mit mir als Journalisten sprechen wollen."

„Ich versteh, was Sie meinen, aber die Polizei ist für

mich gestorben. Wie mir Bekannte erzählt haben, nutzt Kommissar Jansen meine Aussage, um auf Andreas loszugehen. Eine völlig falsche Spur! Das muss man korrigieren. Ich dachte, Sie könnten mir dabei helfen. Als Journalisten sind wir so etwas wie die Wächter der Wahrheit, oder?"

„Auf jeden Fall. Dann fangen wir also an?"

„Okay. Ist Ihnen meine Aussage bekannt?"

„In groben Zügen. Frau Gerlach erzählte mir, was der Kommissar ihrem Mann vorhält."

„Jansen will ihn reinlegen. Er braucht einen Täter, egal, wen. Wenn Andreas dagewesen wäre, hätte mir Dora das anvertraut."

„Waren Sie zu dieser Zeit auf dem Hof?"

„Ich war für ein paar Tage bei meiner Schwester. Ich mach mir noch heute Vorwürfe. Ich will, dass der Mörder bestraft wird! Oder die Mörderin."

„Maria Leffers?"

„Ich glaube nicht. Klar, sie ist uns damals auf die Nerven gegangen. Immer war sie um Dora herum. Ekelhaft. Aber einen Mord begehen? Dazu war sie zu feige."

„Wer sonst? Vielleicht die Frau vom Tierschutz?"

„Dora und Elisabeth haben sich richtig gehasst und hätten sich am liebsten gegenseitig umgebracht. Aber Elisabeth hätte Gift verwendet. Ich hab einen anderen Verdacht. Dora hatte zuletzt ein Verhältnis mit Franz Heisters. Sie war richtig vernarrt in den. Und das in ihrem Alter. Er war zwanzig Jahre jünger."

„Das ist mir neu!"

„Es ist wahr. Franz war nur auf seinen Vorteil bedacht. Eiskalt. Der wollte an ihr Land kommen. Dora hat ihm vertraut."

„Nicht zu glauben."

„Ich musste Dora schwören, für immer darüber zu

schweigen. Es hat sich nur nachts abgespielt, wenn alle weg waren."

„Meinen Sie, dass er es war?"

„Der hätte sich die Hände niemals schmutzig gemacht. Der Franz hat immer Dumme für die Drecksarbeit gefunden."

„Ich weiß. Wer könnte es denn sein?"

„Da braucht man sich nur die Namen der Leute anzuschauen, die damals mit ihm zusammengearbeitet haben."

„Dafür kommt im Prinzip das ganze Netzwerk des Jahres 1965 infrage. Kommissar Versteegen hat damals gegen sechzig Leute ermittelt. Die meisten von denen hatten ein Alibi. Von den Verdächtigen sind alle gestorben. Mit einer Ausnahme: Josef Leffers."

„Eine heiße Spur, denke ich. Sie werden es sicher herausfinden."

„Ich werde mich anstrengen und Sie informieren. Bleibt zunächst alles unter uns?"

„In Ordnung. Einen Tipp hätte ich noch. Der frühere Hilfsknecht Kuhn wohnt bei mir in der Nähe unter falschem Namen. Wir sehen uns gelegentlich. Soll ich ihn fragen, ob er Ihnen was sagen möchte?"

„Das wäre Klasse. Ob der was weiß, was uns noch unbekannt ist?"

„Könnte gut sein. Der hatte seine Augen überall. Möglich, dass er reinen Tisch machen will. Er wird bald sterben, der Arme. Hat nie mehr über die Mordgeschichte gesprochen, seit er aus Deutschland raus ist. Auch nicht mit mir. Die Verhaftung damals war ein Schock für ihn, den er nie richtig verkraftet hat."

„Vielleicht kann er uns ja helfen."

„Ich bete dafür, dass Dora endlich ihre Ruhe findet."

Auf in den Kampf

Die Dinge liefen aus dem Ruder. Die Polizei hatte den Mordfall wieder aufgegriffen. Jansen machte Dampf. Eine Vernehmung jagte die andere. Noch war nichts dabei herausgekommen. Aber er würde nicht lockerlassen. So eine Verschwendung, alles für das Geld des Steuerzahlers. Darüber sollte die Presse mal berichten.

Früher, in den schönen Zeiten, konnten sie die Behörden nach Belieben steuern. Nicht nur in der Angelegenheit Dorothea Duiffels. Heute war das nicht mehr möglich. Es fehlten die Verbindungsleute zu Staatsanwaltschaft und Polizei. Alle waren sie verstorben. Der Nachwuchs war zur Konkurrenz gegangen. Immerhin hatte der Apparat noch ausgereicht, Gerlach ins Krankenhaus zu bringen. Der würde diesmal nicht zurückkommen. Jemand sollte den Frankfurter Freunden sagen, dass weitere Aktionen nicht erforderlich waren.

Gerlach war sowieso die kleinste Nummer. Stratmann war der neue Gegner. Noch hatte der nichts Wesentliches veröffentlicht. Nur kleine Meldungen über die Wiederaufnahme der Untersuchungen. Aber er zimmerte bestimmt eine große Story zusammen. Überall tauchte er auf und horchte die Leute aus. Die Akten soll er auch schon gelesen haben. An die waren sie noch nie herangekommen. Sie mussten handeln. Eine Kampagne im Konkurrenzblatt. Das würde teuer werden, war aber unvermeidlich. Den Chefredakteur hatten sie wegen einer alten Affäre in der

Hand. Gleich morgen käme der erste Artikel heraus. Würde das ausreichen? Jansen war langsam, aber unbestechlich. Für sie nicht ansprechbar. Der Staatsanwalt war in der falschen Partei, schied also auch aus.

Was konnten sie noch tun? An die Aufzeichnungen Stratmanns mussten sie herankommen. Aber das würde Zeit brauchen. Das Wasser stand ihnen noch nicht bis zum Hals, aber es stieg langsam höher. Ihnen war nicht mehr wohl in ihrer Haut. Und das in ihrem Alter! Damit war nun wirklich nicht mehr zu rechnen gewesen. Ruhe und Zufriedenheit hatten in den letzten Jahren ihr Leben bestimmt. Und jetzt waren sie gezwungen, wieder zu agieren. Hin- und herreisen, organisieren, verhandeln, Geld besorgen. Sie waren doch nicht mehr zwanzig. Mancher von ihnen überlegte schon, sich ganz zurückzuziehen. Einfach zu verschwinden. Nach Südamerika oder so. Doch dann müsste derjenige hier alles aufgeben. Dazu war niemand bereit. Die Gefängnisse in Deutschland waren komfortabler.

Aber so weit würde es nicht kommen. Auf in den Kampf gegen Stratmann und die Polizei!

Presseduell

Als Stratmann beim Frühstück die dritte Seite der „Niederrhein-Rundschau“ aufschlug, traute er seinen Augen nicht. Da hatten doch diese Nichtkönner vom Konkurrenzblatt einen Artikel verfasst, der allem Anschein nach auf ihn zielte.

Jemand aus der Region, stand da, der sich als Journalist ausgebe und dessen Namen man leider nicht nennen dürfe, verführe die Menschen zu unbedachten Äußerungen über einen längst vergessenen Mordfall. Die Polizei werde unter Druck gesetzt und sie gebe diesem Druck leider nach. Neue Untersuchungen würden durchgeführt, bei denen sicher nichts herauskäme. Viel Geld des Steuerzahlers werde für überflüssige Ermittlungen verschwendet. Ob Kommissar Jansen, sonst ein tüchtiger Mann, denn nicht bekannt sei, dass dieser Herr mit auswärtigen Interessenten zusammenarbeite, die es nur auf eine Enteignung hiesiger Eigenheimbesitzer abgesehen hatten? Ein ganzes niederrheinisches Dorf sei schon in Aufruhr und die Behörden verschlössen davor die Augen. Wann sprächen die Verantwortlichen endlich ein Machtwort? Man bleibe am Ball und die Fortsetzung folge bald.

„Der Kampf ist eröffnet“, dachte Gert.

Jetzt war er als nächstes Opfer ausersehen. Die sollten nur kommen. An ihm würden sie sich die Zähne ausbeißen. Einen offenen Angriff schienen sie nicht zu wagen. Deshalb versuchten sie, seine Arbeit zu verunglimpfen und ihn bei den Menschen in Misskredit zu bringen. Wie er die

Verhältnisse bei der Rundschau kannte, ließ sich der Herausgeber dafür teuer bezahlen. Die veröffentlichten jeden Mist, wenn er Geld einbrachte. Und wenn sie dabei einem kritischen Journalisten gegen das Schienbein treten konnten, umso besser.

Der gute Jansen bekam auch sein Fett weg. Das ist sehr gut, dachte er. Jetzt saß er mit dem Kommissar in einem Boot. Wunderbar!

Gert hat sich richtig gefreut, wie er mir später erzählte. Ich hätte das nervlich nicht durchgestanden. Ich war ihm so dankbar.

Es gab einen weiteren Grund zur Freude. Die Provokateure hatten, ohne es zu ahnen, ihre Deckung verlassen. Mein Freund kannte einen Kollegen bei der Konkurrenz, mit dem er seit langen insgeheim verbündet war. Sie spielten sich gelegentlich die Bälle zu und halfen sich im Notfall. Dies war ein Notfall und er hatte noch etwas bei seinem Partner gut. Glück musste man haben. Morgen würde er den Urheber dieser netten Zeilen kennen. So konnte er beruhigt zur Tagesordnung übergehen.

Eines war ihm durch den Artikel klar geworden. Er sollte damit beginnen, über seine Recherchen zu berichten, damit sich die Menschen ein Urteil bilden konnten. Sicher, es gab viele, die ihm ohnehin vertrauten, weil sie ihn als integer schätzten und Geduld mit ihm hatten. Aber er wurde gelegentlich gefragt, was er so triebe und ob er gut vorankomme. Es war an der Zeit, etwas zu schreiben. Kurz entschlossen setzte er sich an den Schreibtisch und sichtete sein Material.

Ihm lagen meine Versuche einer Rekonstruktion wichtiger Etappen von Doras Leben vor, eine Mischung von Dichtung und Wahrheit, die Tagebuchnotizen meiner

Mutter und einige Pressemeldungen aus jener Zeit. Die Kollegen von damals waren nicht sehr fleißig gewesen. Dazu kamen die Informationen aus den Akten und eine Menge eigener Gesprächsnotizen. Genug Stoff, der jetzt ausgearbeitet werden musste. Für einen historischen Forschungsbericht oder eine Familiengeschichte interessierte sich kein Mensch. Reportagen sollten es werden. Reportagen aus einer Vergangenheit, die ihren Schatten bis in die Gegenwart warfen. Sie würden seine Leser fesseln.

Der Streit zwischen Dora und der Tierschützerin schien ihm als Einstieg geeignet. Die Leute sprachen noch heute davon, weil er sich über Jahre hingezogen und einige Male heftig zugespitzt hatte. Einige der Alten waren überzeugt, dass Elisabeth Mölders in ihrer Wut zum Messer gegriffen hatte. Versteegen hielt sie für unschuldig, aber die Gerüchte verstummten nie. Warum kam es zu einer solchen Konfrontation zwischen den Frauen? Dora hatte sicher ihren Teil dazu beigetragen. Sie war kein Unschuldsengel. Sie wollte die Tierschützerin provozieren. Und die war gerne darauf eingegangen. Daraus ließe sich etwas machen.

In wenigen Stunden war sein Artikel fertig. Er freute sich darauf, ihn morgen in seiner Zeitung zu lesen. Als er erschöpft, aber mit sich zufrieden, zu Bett gehen wollte, rief Franziska aus den USA an. Egon Kuhn habe ihm etwas Wichtiges mitzuteilen. Am besten, er würde ihn in den USA besuchen. Auf jeden Fall müsse die Polizei herausgehalten werden.

Dürfte er hinfahren? Wahrscheinlich zu teuer für sein Regionalblatt. Seit langer Zeit hatte niemand mit dem ehemaligen Hilfsknecht gesprochen. Er war gespannt, was er zu sagen hatte.

Späte Liebe

Franz Heisters wollte ihr Land kaufen. Alle wollten ihr Land kaufen, aber sie gab es nicht her. Auch Franz bekam es nicht, obwohl sie ihn mochte. Er schmeichelte ihr, machte ihr Komplimente und das tat ihr gut. Sie spürte ihre Schmerzen nicht mehr. Sie erkannte, dass sie schmutzig war und wusch sich mit feiner Seife, die Franziska in der Stadt besorgt hatte, zusammen mit teurer Bettwäsche und einem seidenen Nachthemd. Sie wollte ihr Glück festhalten. Niemand durfte es erfahren. Tagsüber trat Franz als Makler auf und nachts kam er zu ihr ins Schlafzimmer. Sie konnte ihm alles sagen und er hörte ihr zu. Er trocknete ihre Tränen, als sie von ihren verlorenen Kindern sprach. Sie sah sein Mitleid, als sie von Johanns Liebe erzählte. Er verstand, was sie bewegte. Und er war ein schöner Mann, so viel jünger als sie. In seinen Armen fühlte sie sich geborgen. Ihn schien ihr gekrümmter Rücken nicht zu stören. Sie richtete sich langsam wieder auf. Sie schlief mit ihm. Sie hatte nicht gewusst, dass es so etwas Schönes gab und war dankbar, es noch zu erleben. Wann würde dieser Traum enden? Franz war so geduldig. Nachts hatte sie ihn ganz für sich allein.

Sie spürte, dass ihre Kraft langsam schwand. Jeder Körper brauchte seinen Schlaf und sie fand ihn nicht mehr. Dora vertraute sich der jungen Franziska an. Die Magd erschrak und machte große Augen. Warum freute sie sich nicht mit ihr? War sie etwa neidisch? Dora wollte das Geschenk dankbar annehmen, das ihr das Schicksal gemacht hatte. Sie genoss es in vollen Zügen. Es ging so lange, wie es eben ging. Dann wäre es genug. Bis dahin lag der Hof still. Die Magd und der Hilfsknecht erledigten nur das Nötigste. Johann war krank und blieb in seiner Kammer. Im Winter war ohnehin wenig zu tun, aber auch das Wenige wurde nicht getan. Die Tiere blieben meist unversorgt.

Gelegentlich kam Theo Versteegen zu Besuch. Er machte sich Sorgen.

„Ich höre, der Franz ist jeden Tag hier und drängt dich zum Verkauf."

„Et ös alles gut, Thei. Dä Franz ös ömmerhen Makler. Et ös sinne Beruf. Ek pass schon op."

„Melde dich, wenn er zu dreist wird. Ich hab kein gutes Gefühl. Und kümmer dich um dein Vieh. Das brüllt so laut, dass sich die Nachbarn beschweren."

„Mak dech ma ken Sörg. Et kömmp alles inne Reij. Ek bön glökklech."

„Eigentlich darf man dich keine Minute aus den Augen lassen", scherzte Theo und gab ihr einen Klaps.

Leserbrief

„Da ist einiges an Leserbriefen gekommen", sagte Gerts Kollegin. „Überwiegend Freundliches. Der Chef war ganz angetan. Eine Zuschrift ist kritisch. Die solltest du dir mal ansehen. Vorsicht vor den Damen des Tierschutzes!"

„Danke, liebe Inge. Du hast bei mir was gut. Mal sehen, was sie schreiben."

Und er las:

Sehr geehrter Herr Stratmann,

Ihr Artikel von gestern hat mir nicht gefallen. Ich erwarte, dass Sie die Passagen korrigieren, in denen Sie meine 1987 verstorbene Vorgängerin Elisabeth Mölders als mögliche Mörderin der Dora Duiffels erscheinen lassen. Ich skizziere Ihnen hiermit meine Sichtweise, die sich mit der unseres Vereins deckt.

Unsere Vorsitzende tat ihre Pflicht. Ich habe alte Fotos gesehen. Die Kühe und Schafe von Frau Duiffels sehen darauf vollkommen verwahrlost aus. Die reinste Tierquälerei.

Frau Duiffels hat nichts eingesehen. Sie war stur. Für sie wäre es besser gewesen, sich von den Tieren zu trennen. Einmal wollte sie meine Vorgängerin in einem Wutanfall mit der Mistgabel aufspießen. Die hat Glück gehabt, weil sie noch rechtzeitig ausweichen konnte. Eine Anzeige nutzte nichts.

„Das muss ein Gericht entscheiden", sagte die Polizei. Und das entschied zugunsten von Frau Duiffels, die ihr Vieh für ein weiteres Jahr behalten durfte.

Bald danach war die Frau tot. Ein zufälliger zeitlicher Zusammenhang!

Frau Mölders ist mehrfach wegen des Mordes verhört worden, aber

Kommissar Versteegen, der damals zuständige Beamte, konnte seinen Verdacht ihr gegenüber nicht erhärten. Wir sind als Tierschutzverein von der Unschuld unserer ehemaligen Vorsitzenden überzeugt und bitten um eine entsprechende Klarstellung.

Mit freundlichen Grüßen

Ihre Käthe Schmitz, Vors. des örtlichen Tierschutzvereins

Die Damen vom Tierschutzverein ließen sich nichts gefallen. Dabei war er mit der ehemaligen Vorsitzenden noch milde umgegangen. Schon aus Pietätsgründen. Aber immerhin war sie eine Verdächtige, wenn auch gering belastet. Sie hatte Glück gehabt, denn früher oder später wäre es zwischen Dora und Elisabeth zu einem Eklat gekommen. Davon war Gert überzeugt. Aber das war eine andere Geschichte. Er bedankte sich für den Brief. Er freue sich über jede Reaktion seiner Leser, schrieb er. Zu korrigieren habe er allerdings nichts.

Damit war der Fall für ihn erledigt.

Es gab Wichtigeres. Für eine Reise in die USA fehle das Geld, hatte ihm sein Chef bedeutet. Schade, das wäre ein interessanter Dienstausflug geworden. So musste er mit Egon Kuhn telefonieren. Die Sache war dringend, denn der Kommissar ermittelte mit Hochdruck in die falsche Richtung.

Zweite Vernehmung

Die Vorladung hatte mir Jansen ins Krankenhaus geschickt. Doktor Körner, mein behandelnder Arzt, war außer sich und rief umgehend bei der Staatsanwaltschaft an, die ihn zur Polizei weiterleitete. Er ließ mich mithören.

„Herr Gerlach ist nicht vernehmungsfähig. Sein Zustand kann noch nicht als stabil bezeichnet werden. Ein Verhör zum jetzigen Zeitpunkt kann ich nicht befürworten."

„Verhöre gibt's nicht mehr, Herr Körner. Wir vernehmen, wie Sie schon richtig sagten. Es ist unumgänglich. Ich ermittle in einem Mordfall und seine Aussage ist wichtig."

„Es geht sicherlich um die Ermordung seiner Großtante. Der Fall ist mir bekannt. Herr Kommissar – wie war doch gleich Ihr Name?"

„Jansen."

„Also, Herr Jansen. Es gibt, wie Sie wissen, die ärztliche Schweigepflicht. Aber ich kann Ihnen sagen, dass sich seine derzeitige Therapie gerade auf die Zeit Anfang 1965 bezieht, an die er sich bisher nicht erinnern konnte. Wir haben jedoch erste Fortschritte gemacht. Wir werden bald wissen, was damals mit Herrn Gerlach geschehen ist. Wenn Sie jetzt mit Ihrer Vernehmung eingreifen, waren alle unsere Bemühungen umsonst."

„Wir werden ihn mit Samthandschuhen anfassen."

„Besser wäre es, Sie gäben uns die Zeit, die wir brauchen. Danach kann er Ihnen mit Sicherheit alle Fragen beantworten, die Sie ihm stellen müssen. Momentan ist er dazu nicht in der Lage. Erstens ist er hochgradig labil und zweitens erinnert er sich noch nicht. Sie werden wenig aus ihm herausbringen."

„Wie lange brauchen Sie?"

„Das kann man nicht genau prognostizieren. Vielleicht ein halbes Jahr."

„So viel Zeit habe ich nicht. Ich brauche die Lösung jetzt. Tut mir leid."

„Ich kann eine Vorladung keinesfalls zulassen. Sie gefährden seine Gesundheit. Er verkraftet das nicht."

„Ihre Beurteilung respektiere ich selbstverständlich. Dann werde ich Ihren Patienten bitten, selbst zu entscheiden, ob er einer Befragung zustimmt. Das ist rechtlich möglich, wie Sie sicher wissen."

„Ich übernehme keinerlei Verantwortung."

„Die übernehmen wir ganz allein."

Ich fuhr gegen den Rat meines Arztes mit dem Zug an den Niederrhein, begleitet von Anna. Doktor Körner riet mir dringend, einen Rechtsanwalt einzuschalten, aber mir war schon alles egal. Außerdem hatte ich mir nichts vorzuwerfen. Davon war ich felsenfest überzeugt. Ich wollte den ganzen Scheißkram so schnell wie möglich hinter mich bringen. Dachte ich. Anna warnte mich, aber ich hörte ihr nicht zu.

Aus heutiger Sicht war ich, gelinde gesagt, ein wenig naiv. Wenn ich nur gewusst hätte, was auf mich zukommt.

„Sie bestätigen, dass Sie körperlich und geistig in der Lage sind, Ihre Aussage zu machen und dass Sie freiwillig hier sind?"

„Ja, ja! Aber was soll ich schon aussagen? Sie wissen so gut wie ich, dass ich nichts verbrochen habe."

„Langsam, langsam, werter Herr. Da bin ich mir nicht

so sicher. Wir können Ihnen nämlich nachweisen, dass Sie sich zur Tatzeit auf dem Hof Ihrer Großtante aufhielten. Sie stehen im Verdacht, diese getötet zu haben, um sofort an die Erbschaft heranzukommen, die sie Ihnen für die Zukunft versprochen hatte."

Ich saß wie erstarrt, versuchte, etwas zu entgegnen, brachte aber kein Wort heraus. Jansen schwieg, musterte mich mit lauerndem Blick und wartete ab. Nach einer Weile raffte ich mich auf und fragte, ohne mein Gegenüber anzusehen:

„Wieso ausgerechnet ich? Ich kann es unmöglich gewesen sein. Da sind doch genügend andere, die damals vor Ort waren. Heisters, Maria und Josef, Elisabeth Mölders, Johann."

„Die wurden alle überprüft, wie Sie wissen."

„Vielleicht war's auch der Bürgermeister oder der Pfarrer."

„Machen Sie sich nicht lächerlich. Wir haben von Ihnen einen Fingerabdruck auf einem Glas gefunden, das damals in Doras Wohnzimmer stand. Außerdem waren Ihre Haare auf dem Kleid, das die Ermordete trug, als man sie fand. Wir haben eine DNA-Analyse machen lassen. Beide Stücke wurden damals sichergestellt und in unserer Asservatenkammer über all die Jahre sorgfältig aufbewahrt. Gott sei Dank."

„Vielleicht hat Gott Ihnen auch meinen Fingerabdruck und die Haare für den Abgleich besorgt?"

„Sehr witzig, Herr Gerlach. Wir werden Sie hierbehalten müssen."

Eine Anklage wegen Mordes? Die Geschichte wurde immer absurder. Was war damals geschehen, verdammt noch mal? Hatte ich mich doch schuldig gemacht? Ich zermarterte mein Hirn, fand aber nichts.

„Wir holen dich so schnell wie möglich wieder raus“, versuchte mich Anna zu beruhigen. „Schließlich leben wir in einem Rechtsstaat. Der Kommissar spielt ein falsches Spiel. Den Fingerabdruck und die Haare hat er sich bestimmt unrechtmäßig beschafft. Morgen bist du wieder draußen.“

Wutentbrannt stürzte sie in das Büro des Kommissars, der davorstehende Polizist konnte sie nicht daran hindern, schrie Jansen in einer Lautstärke an, die ich nie zuvor von ihr gehört hatte und schlug die Tür hinter sich zu.

„Was hast du ihm gesagt?“

„Ich weiß nicht. Komm, wir gehen“, antwortete sie, hakte mich unter und zog mich mit sich fort.

„Ihr Mann bleibt hier“, herrschte der Polizist sie an und hielt mich am Arm fest. Ich blieb stehen, fühlte mich ertappt und Anna zerrte an mir.

„Komm schon weiter!“, keuchte sie.

Der Kommissar hatte die Tür wieder geöffnet.

„So erweisen Sie sich und Ihrem Mann einen Bärendienst. Widerstand gegen die Staatsgewalt nennt man das. Seien Sie doch vernünftig und lassen Sie den Kollegen seine Arbeit tun.“

Wir verabschiedeten uns unter Tränen.

Meine Frau fasste sich schnell, wie sie mir später erzählte und veranlasste das Nötigste. Sie benachrichtigte den Arzt, danach den Anwalt. Der versprach, sich sofort mit der Staatsanwaltschaft in Verbindung zu setzen.

Anna hatte übrigens befürchtet, dass es im schlimmsten Fall so ausgehen könnte. Ich war unschuldig, daran bestand für sie kein Zweifel. Aber ich könnte bei Dora gewesen sein, ohne mich zu erinnern. Der Psychologe hatte vom Verdacht einer Amnesie gesprochen, die den damaligen Zeitraum betraf und der er auf der Spur sei. Meine Träume deuteten zudem auf eine Verdrängung des gesamten Mordgeschehens hin.

Ich selbst kannte diese Diagnose noch nicht, denn die Ärzte wollten mich behutsam darauf vorbereiten. Diese Strategie war durch die Attacke des Kommissars hinfällig geworden. Anna wollte mich so schnell wie möglich aus dessen Fängen befreien.

Für den nächsten Abend war sie mit Stratmann verabredet. Der tröstete sie am Telefon, so gut es ging, schimpfte über Jansen und kündigte Neuigkeiten an, die mir helfen könnten.

Rückzugsgefecht

„Unsere Arbeitsbesprechungen werden immer häufiger, Chef."

„Muss sein. Denkst du, die ständigen Flüge von Mallorca und zurück machen mir Spaß? Bald ist es zu Ende. Ich hab eine gute und eine schlechte Nachricht. Welche zuerst?"

„Nur die gute."

„Also die gute Nachricht zuerst. Gerlach ist verhaftet worden. Das müssen zwingende Gründe gewesen sein."

„Hoffentlich verreckt er im Knast!"

„Jansen verdächtigt ihn, der Mörder zu sein."

„Klasse! Damit sind wir endgültig aus dem Schneider, oder?"

„Er ist noch nicht verurteilt. Ab jetzt gilt die Devise: Ruhe bewahren und keine Aufmerksamkeit erregen. Unser tüchtiger Kommissar wird es schon richten."

„Hast du deinen Bekannten in Frankfurt gesagt, dass alle Aktionen abgesagt sind?"

„Ich hab's versucht, aber ich kriege im Moment keinen Kontakt. Mein bester Kumpel dort ist verhaftet worden, an seinem siebzigsten Geburtstag. Aber er hat Stellvertreter. Also macht euch keine Sorgen."

„Und die schlechte Nachricht?"

„Der Artikel in der Rundschau. Der Schuss ist nach hinten losgegangen. Es hagelte Leserbriefe, in denen man sich über die Verunglimpfung Stratmanns empört hat."

„Die sollen sich mal nicht so anstellen."

„Er ist stärker als ich dachte. Wir haben ihn unterschätzt."

„Wird die Serie fortgesetzt?"

„Wir haben für zehn Folgen bezahlt, aber ich denke, wir sollten abbrechen. Der Chefredakteur gibt uns das Geld zurück."

„Stratmann hat Rückenwind. Langsam bekomme ich es mit der Angst."

„Was ist denn los mit dir? Reiß dich zusammen!"

„Die Freude über die Verhaftung von Gerlach wird auch nur von kurzer Dauer sein, denn er ist es nicht gewesen, wie wir wissen. Sie werden ihn wieder freilassen müssen."

„Vielleicht war er aber doch da und du hast es nur nicht mitgekriegt. Die Polizei wird Spuren gefunden haben."

„War das etwa der Typ, den ich damals in der Scheune getroffen habe? Ich dachte immer, das sei der Kuhn gewesen. Wenn der Gerlach mich nun erkannt hat?"

„Dann hätte er schon längst etwas gesagt. Maria, pass auf Josef auf! Der wird uns doch nicht durchdrehen? Schick ihn in die Spielbank, damit er sich beruhigt."

„Du sitzt auf Mallorca und schaust dir alles aus der Ferne an. Du hast es gut. Aber wenn sie mich erwischen, sind sie dir auch auf den Fersen."

„Du willst mir drohen, kleiner Wicht? Ich schnippe einmal mit dem Finger und du bist erledigt!"

„Ist schon gut, Chef. Ich hab's nicht so gemeint."

„Wir sitzen alle in einem Boot. Wenn wir jetzt streiten, ist alles verloren."

„Der Bürgermeister meldet sich auch mal zu Wort! Herzlichen Glückwunsch, Willi. Unser letztes Aufgebot. Mal sehen, ob's reicht."

Neuigkeiten

Für Gert war es nicht einfach gewesen, seinem Kollegen von der „Rundschau“ den Namen zu entlocken, dem er auf der Spur war. Sie hatten sich wie immer im Hinterzimmer ihrer Stammkneipe in der nahegelegenen Großstadt getroffen. Dem Besitzer konnten sie vertrauen.

„Ich denke, du möchtest mir was erzählen.“

„Es ist gefährlich. Auftraggeber der Artikel war ein früherer Geschäftsfreund meines Chefs, vor dem wir alle Angst haben. Obwohl der Mann in die Jahre gekommen ist, hat er sein Netzwerk noch sicher in der Hand. Ein Pate wie er im Buche steht.“

„Der Name wäre mir wichtig.“

„Die Serie wird übrigens eingestellt. Massenhaft Leserbriefe zu deinen Gunsten. Wir sind alle erleichtert.“

„Wie schmeichelhaft. Wegen mir hättet ihr die Hetzkampagne fortsetzen können. Wäre eine gute Vorlage für mich gewesen. Also, wer war's?“

„Ich schreib den Namen auf und steck den Zettel ins Kuvert. Öffne es zu Hause.“

„Gut“, sagte Stratmann. „Ich danke dir. Reden wir von den schönen Dingen des Lebens. Prosit!“

Den Schriftzug Franz Heisters hatte er ohnehin erkannt. Wenn es an der Zeit war, würde er seinen Kollegen bitten müssen, seine Aussage vor der Polizei zu bestätigen.

Stratmann verabschiedete sich zur Enttäuschung seines Partners früher als sonst.

Er war mit Egon Kuhn verabredet. Als er anrief, meldete sich Franziska.

„Wir müssen behutsam vorgehen. Egon spricht wenig und ist sehr aufgeregt. Ich hoffe, Sie können sein Deutsch verstehen. Wenn nötig, werde ich übersetzen. Er wird gleich da sein.“

„Vielen Dank. Meinen Sie, er kann uns helfen?“

„Keine Ahnung. Mir hat er nie etwas erzählt. Moment. Es hat geklingelt.“

Geräusche waren zu hören. Schlurfende Schritte, ein kurzes Flüstern.

„Take this.”

„That’s Mr. Stratman ?“

„Hallo, Mr. Kuhn. Schön, dass Sie da sind. Verstehen Sie mich?“

„What did he say?“

„Wenn Sie langsam, laut und deutlich sprechen, versteht er Sie“, schaltete sich Franziska ein. „Die Verbindung ist auch nicht die beste. Versuchen wir es noch mal.“

„Franziska hat mir gesagt, Sie möchten etwas über Doras Tod erzählen.“ Stratmann betonte jedes Wort.

„Mir geht schlecht. Ich beichte.“

„Ich bin kein Geistlicher, lieber Herr Kuhn.“

„Er meint, er will reinen Tisch machen“, sagte Franziska dazwischen.

„I’ve been in prison. Not guilty.”

„Niemand wird Sie verurteilen. Ihnen ist großes Unrecht geschehen.“

„Ich war da.“

„Sie waren zur Tatzeit dort?“

„ Heuboden.“

„Was wollten Sie da?“

„I slept. Und later I’d look for Doras money.”

„Sie hatten vor, es zu stehlen?“

Der Mann weinte. Frau Boskowitz schaltete sich wieder ein.

„Er braucht eine Pause. Wir werden spazieren gehen und ich rede mit ihm. Das Gespräch hat gut begonnen. Er vertraut Ihnen. Er wird Ihnen sagen, was er weiß. Er will es unbedingt. Wir melden uns später."

Es vergingen einige Tage, bis Gert wieder etwas von ihnen hörte.

Dritte Vernehmung

„An Sie hat der Kollege Versteegen nun wirklich nicht gedacht. Er ruhe in Frieden. Deshalb waren der Fingerabdruck und die Haare bis vor kurzem nicht zuzuordnen. Wir sind Ihnen sehr dankbar, dass Sie sich freiwillig herbemüht haben und einen Abgleich ermöglichten. Ich bin ein wenig stolz, dass mir diese Idee kam. Frau Boskowitz sei Dank."

Jansen grinste süffisant, blätterte in seinen Akten, las hier und dort und ließ mich schmoren. Er tat, als sei ich nicht vorhanden.

Ich kam mir vor wie im falschen Film. Die Nacht in der Zelle, auf einer harten Pritsche liegend, allein und verzweifelt. Dazwischen Dora im Traum, die mich neuerdings mit heftigen Vorwürfen malträtierte. Warum ich noch nichts herausgefunden habe, nörgelte sie, ich sei doch selbst dabei gewesen. Fing die jetzt auch noch damit an, dachte ich erschrocken und wachte auf. Spiegelte sich in diesem Traum etwas wider, was ich bisher verdrängt hatte? War ich vielleicht doch dort gewesen? Hatte der Kommissar etwa recht? Nein, das konnte, das durfte nicht sein. So schlecht hatte ich mich noch nie gefühlt. Der Grund war weniger die Angst vor der möglichen Bestrafung, sondern die Vorstellung, während eines wichtigen Abschnitts in meinem Leben bewusstlos gewesen zu sein und trotzdem gehandelt, möglicherweise sogar einen Mord begangen zu haben. Ein grausiger Gedanke.

„Was war denn Ihr wahres Motiv, nach so langer Zeit hier aufzutauchen? Das war doch ein großes Risiko für Sie."

Endlich sagte er etwas.

„Tante Dora erwartet, dass ich ihre Ermordung endlich aufkläre."

„Hören Sie doch auf. Immer die alten Traumgeschichten. Lächerlich. Ich sage Ihnen, was ich denke. Sie trieb es an den Tatort zurück. Ein bisschen spät, zugegeben. Die meisten unserer Kunden kommen früher. Sie haben sich vermutlich lange dagegen gewehrt. Und jetzt im Alter sind Sie dem Drang erlegen, doch noch einmal hinzugehen und nachzuschauen. Es konnte Ihnen ja nichts passieren, nach so langer Zeit. Dachten Sie."

„Für meine Familiengeschichte benötigte ich die Recherchen vor Ort."

„Familiengeschichte, dass ich nicht lache! Nein, Sie wollten noch einmal dort sein, wo es geschah. Nacherleben, wie Sie Dora erstachen."

„Ich kann mich nicht erinnern."

„Sie schließen es also nicht aus. Jetzt sind wir schon einen Schritt weiter."

„Ich bin kein Mörder. Ich hasse Gewalt."

„Waren Sie nicht in Berlin bei den Studenten? Die Anführer waren doch meist Soziologen, oder? Gewalt gegen Sachen wurde propagiert. Wie allgemein bekannt war die Grenze zur Gewalt gegen Personen damals fließend."

„Mit der RAF hatte ich nie etwas zu tun."

„Das wäre nachzuprüfen. Aber wie auch immer. Zu Ihrem Motiv habe ich ja schon etwas gesagt. Sie sind hauptverdächtig und halten sich bitte zur Verfügung. Ihr Anwalt hat für Sie Haftverschonung erwirkt. Ich muss akzeptieren, was der Haftrichter entschieden hat, obwohl ich es nicht verstehe."

Ich hatte mich auf eine Rückkehr in meine Zelle eingestellt. Und jetzt diese überraschende Wende. Ein Wechselbad der Gefühle, dem ich nicht mehr standhielt. Mit gesenktem Kopf und hängenden Schultern verließ ich wortlos den Raum. Auf dem Flur wurde ich von einer freudestrahlenden Anna umarmt.

„Wir haben es geschafft, mein Schatz. Wir haben es geschafft", stammelte sie unter Tränen. „Wir werden nie mehr hierher zurückkommen."

Ich empfand nichts und ließ mich willenlos nach draußen führen, wo der Arzt schon wartete.

Das Treffen mit Stratmann sagte Anna ab.

Letzte Hoffnung

Es war so entsetzlich kalt in diesem Januar 1965. Dora fror und war einsam. Auch die Tiere gaben ihr keine Wärme mehr. Franz hatte sie verlassen, weil sie ihm das Land nicht verkaufen wollte. Sie sei ein altes, buckliges Weib, das stinke, hatte er gebrüllt. Ihr Herz war stehengeblieben. Franziska rief den Notarzt. So wurde sie gerettet.

Eines Nachts stand Johann vor ihrem Bett, zitternd, mit gerötetem Gesicht und glasigen Augen. Sie sah seine Sense, die er umklammerte, und roch seine Schnapsfahne. Johann hatte noch nie Alkohol getrunken, seitdem er bei ihr war. Was war nur los mit ihm?

„Ek hör, do häs di Maria alles vermak. Ek glöw dat nit. Ek häw doch blos för dech geläw."

„Wess do mech ömbrenge?"

„Do häs alles verkiert gemak."

Johann nahm seine Sense fest in den Griff und starrte sie an, sagte aber nichts.

„Jann dä Sensemann. Gevatter Tod kömmp nor mech! Ek mögh met öm goon."

Johann ließ das Gerät sinken. Keine Hilfe mehr für Dora. Ihre Männergeschichten hatten ihn in den Wahnsinn getrieben. Dora flehte um ihren Gnadentod, aber er hatte die Kammer schon verlassen. Sie hatte ihn endgültig verloren.

Am nächsten Morgen gab sie Maria den Zettel mit dem neuen Testament.

„Denk an di Rente för Jann. Dat bön ek öm schöldeg."

„Du kannst mir vertrauen, liebe Tante. Ich werde ihn anständig bezahlen. Er kann für immer auf dem Hof wohnen. Auch, wenn er nicht mehr arbeiten will."

„Und halte das Land zusammen. Ich beobachte dich von da oben."

„In Ordnung, Tante." Maria lächelte. „Ich werde tun, was ich kann. Aber du überlebst uns noch alle."

Dora sah sie an und schüttelte mit dem Kopf. Die Nichte war ihre letzte Hoffnung. Wenn das Ende doch endlich käme.

Beichte

Stratmann rief sich zur Ordnung. Als Journalist durfte er sich nicht vom Mitleid für mein Schicksal leiten lassen. Am liebsten hätte er den ganzen Polizeiladen zusammengeschlagen, wie er mir später erzählte. Er beherrschte sich.

Er hatte sich auf die Fakten zu konzentrieren. Egal, ob sie erfreulich waren oder nicht. Er hoffte auf den Hilfsknecht. Franziska Boskowitz hatte versprochen, ein Gespräch noch für den Abend zu vermitteln, nachdem sie von meiner Verhaftung gehört hatte.

Sie meldeten sich tatsächlich. Es war spät in der Nacht.

„Hier ist es früh am Abend. Entschuldigen Sie. Egon möchte reden. Er hat sich alles aufgeschrieben und liest es ab. Ich habe sein Deutsch ein bisschen verbessert."

„Also los, Herr Kuhn. Ich bin gespannt."

„Mit Andreas, das darf nicht geschehen. Da war Herr Leffers, der hatte einen dicken Knüppel bei sich. Ich hab ihn kommen sehen. Er hat sich von draußen angeschlichen."

Kuhn machte eine Pause. Sein Atem ging schwer. Langsam fuhr er fort. Stratmann konnte kaum glauben, was er hörte.

„Und dann hat er jemanden niedergeschlagen. Draußen vor der Stalltür. Ich hab es durch das kleine Bodenfenster gesehen."

„Konnten Sie das Opfer erkennen?"

„Nur einen Schatten."

„Ist Leffers dann geflüchtet?"

„Der ist in den Stall, auf Dora zugestürzt und hat ihr auf

den Kopf gehauen. Einmal, zweimal, ich weiß nicht. Dann hat er sie geschüttelt."

„Haben Sie bei ihm ein Messer gesehen?"

„Nein. Mir war ganz schlecht. Nichts wie weg, hab ich mir gesagt."

„Sind Sie sicher, dass es der Josef Leffers war?"

„Sicher. Die kleine Laterne war an. Da hab ich sein Gesicht gesehen."

„Haben Sie das damals ausgesagt?"

„Die Heisters-Mafia hätte mich gekillt."

„Was ist danach passiert?"

„Leffers war weg. Ich hab gewartet und bin dann raus."

„Hat Sie jemand gesehen?"

„Glaub nicht. Draußen war kein Licht. Hab´ Schritte gehört. Langsame Schritte, auf dem Hof. Tapp… Tapp… Tapp. Da bin ich gerannt."

„Der Schatten vor der Stalltür. War das Andreas Gerlach?"

„I don't know. Hab ihn nie gesehen."

„Wären Sie bereit, vor der Polizei zu wiederholen, was Sie mir gesagt haben?"

„No! Das war nur für Sie. Und für Andreas und Dora."

„Wo werden Sie hingehen?"

„Zum Sterben in die Berge. Goodbye, Sir and good luck! "

Egon Kuhn als Überraschungszeuge beim Prozess. Das wäre ein Hit gewesen.

Schatten des Bösen

„Ich habe etwas auf mich zukommen sehen. Etwas Dunkles. Vielleicht dachte ich dabei an meine verlorene Erinnerung, dass sie plötzlich hervorbrechen könnte und ich wüsste, dass ich ein Mörder bin. Ich hatte panische Angst davor. Hätte ich es verschwiegen? Wahrscheinlich nicht. Es wäre nicht auszuhalten gewesen."

„Wie haben Sie sich gefühlt?"

„Grausig, Herr Doktor. Aber es war noch etwas anderes. Es bezog sich nicht auf mich, sondern auf einen Menschen, der mir nahesteht. Auf ihn kommt Fürchterliches zu. Ich habe es gefühlt. War es eines meiner Kinder, meine Frau, ein Freund? Ich habe versucht, meine Vision zu konkretisieren, aber es gelang mir nicht."

„Sie haben in die Zukunft gesehen."

„Das ist mir noch nie passiert. Unheimlich. Ein Schatten des Bösen. Ich habe einen Zettel beschrieben. Merkwürdig, dass ich ihn aufbewahrt habe. Als ob ich ihn noch einmal brauchen würde."

„Sie wollten das, was Sie sahen, vielleicht für heute festhalten."

„Ich habe es aufgeschrieben, damit es nicht geschieht. Dass es sich nur in mir, in meinem Geist, ereignet. Ich hab den Zettel mitgebracht."

„Wollen Sie mir vorlesen?"

„Warum hab ich das aufgeschrieben? Ich weiß es nicht. Ich bilde mir immer ein, nie etwas zu schreiben und dann schreibe ich doch. In Momenten der Angst oder der Trauer. Ich weiß auch nicht. Es sind nur wenige Zeilen:

Ich bin so allein. Alle kümmern sich um mich. Sie sprechen mit mir, aber ich antworte nicht. Ich weiß doch nichts. Was wollen sie von mir? Ich denke an Anna. Ich will bei ihr sein und sie beschützen, aber sie ist so weit weg. Ich liege im Bett und schließe die Augen. Ich sehe, dass sie sich gegen ihren Willen immer weiter entfernt. Sie kann sich nicht dagegen wehren. Ich kann ihr nicht helfen. Sie ist so weit weg von mir, dass ich sie kaum noch fühle. Sie wird immer kleiner und verschwindet im Nebel mit den Lichtern. Aber sie denkt an mich und ich denke an sie. Wir sehen uns mit weit aufgerissenen Augen an. Wie Gespenster. Sie weint. Ich zittere am ganzen Körper.“

„Sie ängstigen sich, weil Sie von Ihrer Frau getrennt sind. Sie sind bald wieder zu Hause.“

„Meine Angst war konkret.“

„Sie wird fühlen, dass Sie immer bei ihr sind. Das wird ihr guttun. Machen Sie sich keine Sorgen.“

Die Entführung

„Wenn Sie sich ruhig verhalten, geschieht Ihnen nichts."

Anna Gerlach lag in einem abgedunkelten Raum auf einem Bett, gefesselt und bekleidet. Auch ihren Mantel hatte sie noch an. Der war ihr über den Kopf gezogen worden, nachdem man sie vor ihrem Haus in ein Auto gestoßen hatte. So verhüllt wurde sie in einem Höllentempo bis hierher gefahren. Hatten sie zwei Stunden oder mehr benötigt? Sie konnte es nicht schätzen. Die Uhr hatte man ihr abgenommen. Körperliche Schmerzen wurden ihr nicht zugefügt.

„Was passiert mit mir?" fragte sie mit zitternder Stimme den Mann, der mit einer Sonnenbrille und tief in das Gesicht gezogener Kapuze vor ihr stand.

„Keine Angst, Lady. Nehmen Sie es nicht persönlich. Es hat was mit Ihrem Mann zu tun, glaub ich."

„Was Sie tun, ist kriminell. Sie werden dafür ins Gefängnis kommen."

Der Mann grinste und nickte, sagte aber nichts.

„Meinem Mann geht es schlecht. Er ist im Krankenhaus und wird sich Sorgen machen."

Der zweite Entführer war hinzugekommen. Er war vermummt.

„Er soll sich Sorgen machen. Große Sorgen sogar. Er soll endlich kapieren, dass es ernst ist. Wir machen keine Späßchen. Die Familiengeschichte ist beendet."

„Aber er hat doch schon längst damit aufgehört."

„Davon wissen wir nichts. Wir haben unsere Anweisungen. Entspannen Sie sich, Frau Gerlach. Wollen Sie was essen?“

Sie schüttelte den Kopf. Ihr war schlecht. Sie müsse sich übergeben, sagte sie, und einer der Männer geleitete sie zur Toilette. Die Tür blieb einen Spaltbreit geöffnet. Sie sah, dass die Fenster vergittert waren. An Flucht war nicht zu denken. Die Kerle waren ihr körperlich weit überlegen. Hoffentlich taten sie ihr nichts an. Sie hatte große Angst.

„Jetzt besser, Madam?“ fragte der Mann mit der Kapuze, als sie fertig war. „Wir werden Sie ordentlich behandeln. Wir haben nichts gegen Sie persönlich. Aber es ging nicht anders.“

„Wie lange muss ich hierbleiben?“

„Bis Ihr Mann merkt, dass Sie verschwunden sind“, sagte der Zweite. „Das soll er richtig auskosten. Wenn die Polizei dann anfängt, nach Ihnen zu suchen, lassen wir Sie frei. Das wird so zwei bis drei Tage dauern. Erfahrungsgemäß.“

Anna fiel vor Schreck in Ohnmacht. Als sie erwachte, spürte sie, dass ihr der Kapuzenmann vorsichtig ein feuchtes Tuch auf die Stirn legte.

„Schön, dass Sie wieder bei uns sind. Wir haben uns schon Sorgen gemacht. Aber unser alter Vertrauensarzt hat ‚halb so schlimm‘ gesagt. Es sei nur die Aufregung. Na ja, der behandelt meist Schussverletzungen. Versuchen Sie zu schlafen. Ich kette Sie auch nicht mehr an, wenn Sie versprechen, vernünftig zu sein.“

Sie nickte und zog sich die Decke über, die der Mann ihr gebracht hatte. Er blieb noch einige Zeit neben ihr sitzen. Als er sah, dass sie eingeschlafen war, ging er leise aus dem Zimmer und schloss die Tür hinter sich ab.

Ich staune immer noch, dass sich Anna an so viele Details erinnert. Ich wäre vor Angst wie von Sinnen gewesen.

Vergebliche Suche

„Was ist mit meiner Frau?“, fragte ich den Arzt.

„Es ist alles in Ordnung. Machen Sie sich keine Sorgen.“

„Ich mache mir große Sorgen. Per Handy kann ich sie nicht erreichen. Auch nicht zu Hause auf dem Festnetz. Ihr ist etwas passiert.“

„Bleiben Sie ruhig und konzentrieren Sie sich bitte auf die Therapie. Sie wird Sie schon bald besuchen.“

Ich wartete einen weiteren Tag ab. Dann rief ich Gert Stratmann an. Die Doktoren waren so lebensfremd.

„Meine Frau ist verschwunden. Sie meldet sich nicht. Seit drei Tagen schon. Ich kann nichts tun, weil ich zu schwach bin. Könntest du Anna suchen?“

„Mach ich, Andreas. Ich kümmere mich darum. Vermutest du einen Grund für ihr Verschwinden?“

„Hoffentlich keine Entführung. Ich hab gestern sowas geträumt. Könnte ich nur etwas für sie tun.“

Er versprach, mir zu helfen.

War sie untergetaucht, um in Ruhe eigene Ermittlungen anzustellen, fragte sich Stratmann. War sie verreist, weil sie die ständige Anspannung nicht mehr aushielt? Oder war sie tatsächlich entführt worden? Alles war möglich. Er habe gespürt, dass Anna in Gefahr war, sagte Gert mir später. Steckte Heisters dahinter? Das würde ins Bild passen.

Er rief Jansen an und bat ihn, nach Anna zu suchen. Der Kommissar brummelte zunächst Unverständliches ins Telefon. Er schien wütend.

„Wenn sie etwas von sich hören lässt, sagen Sie ihr, dass sie sich unverzüglich bei mir zu melden hat. Einfach abgehauen, vor unseren Augen. Unverschämtheit!"

„Wie bitte? Ich verstehe nicht. Keine Entführung?"

„Wie kommen Sie denn darauf? Sie hat sich unserer Beobachtung entziehen wollen. Wir waren dem Fluchtauto dicht auf den Fersen, aber sie sind uns entwischt."

„Vielleicht ist sie gegen ihren Willen mitgefahren."

„Ausgeschlossen! Das waren Profis, die sie vermutlich angeheuert hat, um eigene Recherchen durchzuführen. Wir werden sie schon aufspüren. Sagen Sie ihr das."

„Sie glauben wirklich an das, was Sie sagen? Na ja, wie auch immer. Hauptsache, Sie finden sie unversehrt."

„Jawohl, Herr Journalist!", sagte der Kommissar gereizt und legte auf.

Was war mit dem nur los, dachte Stratmann. Ständig verfolgte er die falschen Spuren. Warum kümmerte er sich nicht um die Heisters-Gruppe? Galt für die eine Sonderregelung, die sie von der Verfolgung ausschloss? Okay, sie waren alle noch einmal vernommen worden. Nur zum Schein? Sogar nach Mallorca war der Kommissar kürzlich geflogen. Hatte ihm Heisters ein paar Tage Sonderurlaub spendiert? Eigentlich war er bisher als untadeliger Beamter bekannt, der gelegentlich zur Sturheit neigte. Als korrupt konnte er sich ihn nicht vorstellen. Der Kommissar hatte sich wohl eher in eine fixe Idee verrannt, von der er nicht mehr loskam. Andreas Gerlach musste der Täter sein.

Stratmann würde Jansen auf die Sprünge helfen müssen. Sonst geschah womöglich ein weiteres Unglück. Es reichte auch so schon. Die Aussage von Egon Kuhn hätte er sich gerne für eine spätere, publikumswirksame Gelegenheit aufgehoben. Aber Eile war geboten. Morgen wollte er die Katze aus dem Sack lassen.

Ob dieser sture Mensch ihm glauben würde?

Das Ende einer Seilschaft

Die Organisation brach auseinander. Sie hatte sich über viele Jahre bewährt. Jetzt kam ihr Ende. Ausgerechnet am 1. April 2008. Ein schlechter Scherz.

Die Mehrheit der Mitglieder war fein heraus, denn nur wenige waren im Lauf der vielen Jahre bekannt geworden.

Nun aber hatte Franz Heisters die Kontrolle verloren. Seine alten Freunde in Frankfurt am Main, auf die er sich früher immer verlassen konnte, hatten die Aktion durchgeführt, obwohl sie schon längst abgesagt war. Bei einer Entführung verstand die Polizei keinen Spaß. Jansen hatte ihn in Mallorca aufgesucht. So ein Aufwand für einen unbedeutenden Fall. Da steckte sicher wieder sein Sohn dahinter.

Bisher hatte sich Franz Heisters vom Kommissar nicht aufs Glatteis führen lassen. Aber früher oder später würden sie ihn als Auftraggeber identifizieren. Er rechnete mit seiner Verhaftung. Für eine Flucht war er zu alt. Er würde sich das Leben nehmen. Die Pistole lag schon bereit.

„Was wird aus uns?“, fragte Josef Leffers in die Runde, zu der außer ihm seine Frau Maria und der Bürgermeister gehörten.

„Ohne Franz sind wir verloren“, sagte Maria.

Willi Wilbers murmelte, dass sein Vater ihn schon verstehen werde und verließ den Raum. So ein Feigling, dieser Bürgermeister. Er hatte schon immer so getan, als gehöre er nicht dazu.

„Jetzt wirst du zur Rechenschaft gezogen. Warum hat

dich Versteegen damals nicht verhaftet? Der wusste, dass du es getan hast. Wir hätten uns viel Ärger erspart."

Josef blickte Maria an. Er sah ihren kalten, mitleidlosen Blick.

„Du hast mir doch heftig zugeredet, dass ich es tun soll. Versteegen war ein Stümper. Der hat nicht durchgeblickt."

„Das glaub ich nicht. Der alte Kommissar war clever. Er hat dich nicht verhaftet, obwohl er wusste, dass du der Täter warst. Der wollte, dass du dein ganzes Leben lang Angst hast. Was willst du jetzt tun?"

„Mir bleibt nicht viel übrig. Vielleicht erzähle ich vorher der Polizei, wie kräftig du mitgemischt hast."

„Das wage ja nicht, du Schwächling. Vorher bringe ich dich um."

„Wir sollten uns am Ende unserer Tage nicht streiten, Maria. Ich werde schweigen wie ein Grab."

„Um ganz sicherzugehen, solltest du dich aufhängen."

Befreiung

Plötzlich ein Höllenlärm. Trampeln und Schreien, ein greller Blitz, eine ohrenbetäubende Detonation. Dann wurde die Tür mit lautem Krachen aufgestoßen und drei Vermummte standen vor ihr.

„Sind Sie Frau Gerlach?“, rief der Anführer. Ohne eine Antwort abzuwarten, fuhr er fort: „Sie sind frei. Ihre Entführer haben wir geschnappt.“

„Ist niemand zu Schaden gekommen?“, fragte Anna mit zitternder Stimme.

„Hauptsache, Sie sind es nicht.“

„Ich habe Angst.“

„Bitte stehen Sie auf und folgen Sie uns. Können Sie gehen?“

„Ich schaffe es schon.“

Anna erhob sich von dem Bett, das ihr Lager gewesen war. Wie lange die Gefangenschaft gedauert hatte, wusste sie nicht. Das Zimmer war immer abgedunkelt und die Uhr war ihr abgenommen worden. Zwei Tage, eine Woche? Schwer zu sagen. Sie ging hinter dem Anführer des Einsatztrupps her, danach kamen die anderen. So wurde sie zu einem zivilen Wagen geleitet.

„Schön, dass Sie da heil herausgekommen sind. Herzliche Grüße vom Kollegen Jansen, der sich freut, Sie beide bald wiederzusehen.“

Der Mann, der sie ansprach, war vermutlich bei der Kripo. Sie stieg in das Auto, die Vermummten blieben zurück und der Beamte setzte sich ans Steuer.

„Ich fahre Sie zunächst zu einer Expertin für Entführungsopfer, wenn Sie erlauben. Sie wird sich ein wenig mit Ihnen unterhalten."

„Ich möchte möglichst schnell zu meinem Mann."

„Selbstverständlich. Sofort danach, Frau Gerlach. Mir wurde gesagt, dass es ihm gutgeht. Machen Sie sich keine Sorgen. Sie aber benötigen Hilfe. Das lehrt uns die Erfahrung. Die möglichen psychischen Folgen einer Entführung sind nicht zu unterschätzen."

Anna wusste nicht, was sie dazu sagen sollte. Sie wollte das alles so schnell wie möglich vergessen.

Eine freundliche Dame in legerer Kleidung bat sie, sich zu setzen. „Dr. Heide Schult, Psychologin", hatte sie auf dem Schild vor der Praxis gelesen.

„Möchten Sie einen Tee oder Kaffee? Sie sollten sich etwas ausruhen."

„Ich möchte möglichst bald zu meinem Mann."

„Ihr Mann ist gut versorgt", sagte Schult. „Nehmen Sie sich Zeit und kommen Sie zur Ruhe. Vielleicht doch ein Tässchen Tee?"

„Nein, danke."

Die Psychologin schaute Anna über ihre Lesebrille hinweg ernst an.

„Ich möchte gerne mit Ihnen über Ihren Mann reden."

„Was ist mit ihm?"

„Nichts Bedrohliches, aber seine Situation ist momentan etwas kompliziert."

Und mit leiser Stimme schilderte sie meine derzeitige gesundheitliche Verfassung. Zunächst sei eine erfreuliche Entwicklung zu beobachten gewesen. Die Erinnerung an das Jahr 1965 sei spontan zurückgekehrt. Ein großer Erfolg der Therapie in kurzer Zeit. Ich könne zur Überraschung der Experten den Ablauf des damaligen Geschehens rekonstruieren und wisse jetzt auch, wie ich seinerzeit von Berlin an den Niederrhein gekommen und wieder zurückgekehrt war. Eine gute Entwicklung.

Dann folgten die beiden Schicksalsschläge, die den Erfolg wieder zunichte gemacht und mich in eine schwere Depression gestürzt hatten. Die Ärzte hätten zunächst überlegt, die Entführung zu verschweigen. Der Leiter der Anstalt habe dann aber entschieden, das Risiko einzugehen und es mir zu sagen. Ich müsse mich der Wahrheit stellen.

„Welcher zweite Schicksalsschlag?“, fragte Anna mit angstvoller Stimme.

„Von Ihrer Entführung haben die Ärzte ihm erst relativ spät erzählt, um ihn so lange wie möglich zu schonen. Eine Schwester nahm dann am gleichen Tage am Telefon die Nachricht vom plötzlichen Tod seiner Mutter entgegen und überbrachte sie ihm, ohne sich mit den Ärzten abzustimmen.“

„Mutter ist gestorben? Die Liebe. Der arme Andreas.“

„Bitte verzeihen Sie meine Direktheit. Das Krankenhaus hat mich darum gebeten.“

Anna saß da und schluchzte in sich hinein. Es war genug. Schon lange war es genug. Soviel konnte ein Mensch nicht aushalten. „Wann kann ich zu ihm?“

„Er ist zurzeit nicht ansprechbar. Er gibt sich an allem die Schuld. Wir haben ihm gesagt, dass Sie wieder frei sind. Vielleicht hat er es aufgenommen. Er wird sich freuen, Sie zu sehen. Für Sie selbst wäre es besser, zur Beobachtung hierzubleiben. Wir haben für solche Fälle eine Übernachtungsmöglichkeit eingerichtet, finanziert vom Weißen Ring. Sozusagen ein Minikrankenhaus.“

„Wenn es keine Umstände macht.“

Von diesem Gespräch mit der Psychologin habe ich erst Monate später erfahren. Anna hatte es verdrängt. Ihre durch die Entführung verursachte schwere Traumatisierung war von Frau Dr. Schult nicht erkannt worden. Oder sie hatte Annas wahren Gesundheitszustand ignoriert.

Mit einem Arzt ihres Vertrauens konnte meine Frau die Ereignisse später aufarbeiten und war schließlich in der Lage, auch das damalige Gespräch mit Dr. Schult zu rekonstruieren. Über meine Situation in dieser Zeit gibt es nach den Angaben der Klinik keine Unterlagen. Ich verzichtete auf einen Rechtsstreit über die Herausgabe der Dokumente.

Deshalb sind die Aussagen von Frau Dr. Schult über meinen damaligen Zustand nach meiner eigenen Erinnerung - sofern vorhanden - formuliert worden.

Neuigkeiten

Der Kommissar sah übernächtigt aus.

„Setzen Sie sich bitte, Herr Stratmann. Wir haben Neuigkeiten, über die Sie sich freuen werden."

„Da bin ich aber gespannt."

„Wir haben Frau Gerlach befreit. Sie hatten recht, sie wurde tatsächlich entführt. Es waren polizeibekannte Freunde von Franz Heisters, der vermutlich den Auftrag gegeben hat. In diesem Moment findet eine Hausdurchsuchung in seiner Finca statt. Ich bin sicher, wir finden etwas. Endlich haben wir ihn am Kanthaken. Das wird Sie freuen, denke ich. Die Täter sind bereits verhaftet und geständig."

„Ich gratuliere, Herr Jansen. Das war überfällig, wenn ich mir diese Bemerkung erlauben darf. Viel wichtiger: Wie geht es Frau Gerlach?"

„Sie ist unverletzt und erstaunlich gefasst. Sie macht sich Sorgen um ihren Mann. Ich habe übrigens sofort das Krankenhaus informiert."

„Der psychische Zusammenbruch nach einer Entführung kommt meist erst später."

„Wir lassen sie von einer Spezialistin betreuen. Sie wird es schon schaffen. Vor allem, wenn sie hört, dass ich meinen Verdacht gegen ihren Mann relativiert habe."

„Wie ist das zu verstehen?"

„Die von den Ärzten angenommene Amnesie bei Herrn Gerlach hat sich bestätigt. Er hatte keinerlei Erinnerung an das, was in den Tagen vor und nach der Ermordung Doras passierte. Ursache ist vermutlich eine schwere Gehirnerschütterung, die er in dieser Zeit erlitten hat. Bei einer Untersuchung wurden entsprechende Narben auf seinem Kopf gefunden. Allerdings ist damit zunächst noch nichts darüber gesagt, was er in der betreffenden Zeit konkret getan hat. Er könnte Dora erstochen und danach den Schlag abbekommen haben."

„Da kann ich aushelfen. Josef Leffers hat Andreas vor dem Stall niedergeschlagen und ist dann auf Dora losgegangen."

„Woher wissen Sie das?"

„Egon Kuhn hat es mir erzählt. Allerdings hat er Andreas nicht hundertprozentig erkannt. Aber er muss es gewesen sein. Ich bin sicher."

„Wo haben Sie mit dem Landstreicher gesprochen? Sie waren verpflichtet, es zu melden."

„Er ist in den USA und ich habe mit ihm telefoniert."

„Nennen Sie mir seine Adresse. Ich will mit ihm reden!"

„Er ist schwerkrank und hat sich nach unserem Gespräch zum Sterben zurückgezogen. Adresse unbekannt. Wenn Sie ihn finden, ist er tot."

„Übrigens", sagte der Kommissar betont langsam. „Josef Leffers hat sich erhängt. Es gibt einen Abschiedsbrief, in dem er zugibt, dass er es war, der Dora niedergeschlagen hat."

„Jetzt geht es aber fix voran. Warum nicht gleich so?"

„Gut Ding will Weile haben, wie man so sagt. Wir können auch nicht immer zaubern. Auf Ihren Herrn Kuhn sind wir nicht mehr angewiesen."

„Aber Dora ist erstochen worden!"

„Das ist die Frage, die es noch zu lösen gilt. Leffers schwört in seinem Brief, kein Messer benutzt zu haben. Versteegen hat ihn wohl absichtlich in dem Glauben gelassen, dass er ihn für den Täter hielt. Leffers musste mit diesem Verdacht bis zu seinem Tode leben. Die DNA-

Spuren, die wir an dem Messer gefunden haben, sind nicht von ihm. Die waren nur auf der Keule. Wenn er Handschuhe getragen hätte, warum dann nur, als er zum Messer griff? Nein, wir können von verschiedenen Tätern ausgehen. Leffers hat zugeschlagen und ein Zweiter hat den Rest besorgt."

„Waren die Spuren auf dem Messer von Herrn Gerlach?"

„Wir haben keine gefunden. Vielleicht hat er Handschuhe getragen."

„Sie können wohl nicht aufgeben."

Er blickte den Kommissar zornig an, beugte sich über dessen Schreibtisch und sprach langsam, jedes Wort betonend, weiter.

„Ich bin mir ganz sicher, dass Gerlach unschuldig ist. Er war auf dem Hof, davon ist inzwischen auszugehen. Seine Erinnerungen daran kommen langsam zurück. Aber auch er ist niedergeschlagen worden. Vielleicht wollte er Dora verteidigen. Ist sie an den Stichwunden gestorben?"

„Die Keulenhiebe von Leffers verursachten schwere Prellungen am Kopf. Sie waren aber nicht tödlich, wie die Gerichtsmedizin damals festgestellt hat. Nach den Schlägen sei sie bewusstlos gewesen und habe die Messerstiche wahrscheinlich nicht mehr gespürt. So steht es in den Akten. Ein Stich ging in ihr Herz und hat sie getötet. Haben Sie das nicht alles schon gelesen?"

„Wie meinen Sie das?"

„Sie unterschätzen uns, Herr Stratmann. Sie kennen die Akten, wie ich hörte. Aber das besprechen wir später, verlassen Sie sich drauf."

„Meinetwegen. Aber zur Sache: Sie haben alle damals Verdächtigen noch einmal überprüft?"

„Ja. Niemand von denen kommt als Mörder in Betracht, oder als Mörderin, wenn Sie an Maria Leffers denken. Sie haben alle Schuld auf sich geladen. Aber keiner von unseren Verdächtigen hat Dora erstochen. Wir müssen den Fall noch einmal ganz von vorne aufrollen. Vielleicht findet sich ein Hinweis in Versteegens Notizblock. Das Geschreibsel ist allerdings kaum lesbar."

„Ist es möglich, dass Ihr Kollege dem wahren Täter auf der Spur war, ihn aber aus persönlichen Gründen schützen wollte?"

„Das kann ich mir nicht vorstellen. Aber wir müssen alle Möglichkeiten in Betracht ziehen."

„Die Arbeit eines Kommissars ist nicht einfach."

„Gut beobachtet, Herr Stratmann. Allerdings stehen uns heute ganz andere technische Möglichkeiten zur Verfügung als zu Versteegens Zeiten. Ich bin recht optimistisch. Eine Frage zum Abschluss. wann schreiben Sie eigentlich Ihre Story?"

„Ich werde warten, bis sich die Familie Gerlach wieder erholt hat."

„Nobel, nobel. Ich bin gespannt, wie ich bei Ihnen wegkomme."

„Keine Sorge, Herr Kommissar. Ich werde Sie schon nicht in der Luft zerreißen."

Krankenbesuch

Schneller als erwartet, durfte Anna mich sehen. Sie hatte Dr. Schult immer wieder dazu gedrängt, bis sie schließlich nach Rückfrage bei ihren Vorgesetzten und der Polizei nachgab.

Ich sei in einer besonderen Abteilung untergebracht, wurde Anna vorgewarnt. Dort hätten Besucher keinen Zutritt. Für das Treffen gebe es einen speziellen Raum. Nach längerem Warten ging die Tür auf.

Ich kam langsam, mit schleppenden Schritten, herein. Es muss ein trauriger Anblick für meine Frau gewesen sein. Ich wurde von einem Mann in Zivil begleitet, der sich als Dr. Pauly vorstellte.

„So, Herr Gerlach. Ich lasse Sie jetzt für eine halbe Stunde allein."

Er nickte Anna zu und verließ leise das Zimmer.

„Dass du endlich da bist. Ich freu mich so."

Es brach aus mir heraus. Die Tränen flossen. Ich konnte mich nicht beherrschen. Sie hätte mich beinahe nicht wiedererkannt, sagte sie mir Wochen danach, als es mir wieder etwas besser ging. Abgemagert, mit dunklen Schatten unter den Augen. Zitternd. Meine Haare waren weiß geworden. Sie betrachtete mich mit offensichtlichem Schrecken, nahm meine Hände und streichelte sie.

„Ich weiß jetzt, wie das alles damals war. Es ist mir wieder eingefallen."

„Da freue ich mich sehr, lieber Andreas."

„Dora hat in Berlin angerufen und ich bin hingefahren. Wir haben uns so gut verstanden. Ob ich ihren Hof übernehmen wollte, hat sie gefragt."

„Du hast sicher abgelehnt, wo du dich doch in der Landwirtschaft gar nicht auskanntest."

„Du hast recht. Aber mich hat der Hafer gestochen und ich verrückter Kerl hab zugesagt. Warum? Ich weiß auch nicht. Maria ist ausgerastet, als sie davon hörte. Und Johann hat immer weggeschaut, wenn er mich sah."

„Wie ging es weiter? Kannst du dich auch daran erinnern?"

„Ja, dann hat mir jemand auf den Kopf gehauen. Ich hab das Bewusstsein verloren. Als ich wieder klar war, bin ich gerannt, über die Felder, zum Dorf, hab einen Bahnhof gefunden und bin zurück nach Berlin gefahren."

„Du wurdest damals als vermisst gemeldet."

„Keine Ahnung, wie lang die Fahrt gedauert hat. Vergessen. Aber ich bin angekommen. Du siehst, ein Wunder. Ich kann mich wieder erinnern."

„Ja, ein Wunder, Andreas."

„Die Ärzte helfen mir sehr. Aber ich muss noch hierbleiben. Kannst du warten?"

„Natürlich warte ich auf dich. Ich werde nicht mehr arbeiten und viel Zeit für uns haben."

„Wie geht es Gert Stratmann? Ist er weitergekommen?"

„Sicher. Er ist so tüchtig. Vielleicht kennt er den Täter schon."

„Dora fragt mich dauernd, wer es war. Ich weiß es doch nicht! Manchmal denk ich, dass ich selbst zugestochen habe, als ich besinnungslos war. Oder ich habe den Täter gereizt, weil Dora mich mochte und nicht ihn. Oder ich denke, dass ich bei meinen Nachforschungen alles falsch gemacht und die Leute gegen mich aufgehetzt habe. Dem Kommissar habe ich auch ins Handwerk gepfuscht. Solche

Gedanken kommen mir. Ich bin dann immer traurig, weil ich so viele Fehler mache. Du musst mir helfen, Anna. Du bist doch meine Frau."

Ich drückte ihre Hand und hielt sie so fest, dass sie vor Schmerz aufschrie.

„Du hast mir beinahe die Hand gebrochen", erzählte sie mir gestern, als ich das Geschehene aufschrieb. Ich hatte sie nur streicheln wollen. Dr. Pauly kam hereingestürzt und befreite sie von mir.

„Seine aggressiven Schübe kommen manchmal ganz plötzlich. Bitte entschuldigen Sie. Die halbe Stunde ist ohnehin vorbei. Ich begleite Sie jetzt in Ihre Abteilung, Herr Gerlach. Ihre Frau kommt sicher morgen wieder."

„Du kommst, Anna? Bitte komm. Ich brauche dich."

Sie konnte mir nicht antworten. Sie versuchte, den beginnenden Weinkrampf zu unterdrücken. Ich hab es gesehen. Es hat mir wehgetan.

Meine Täter im Schlaf

Gesichter im grellen Licht. Weiß und durchscheinend. Ich sehe sie vor mir. Sie reden auf mich ein. Es sind alle da. Die Toten und die Lebenden.

Heisters und seine Freunde amüsieren sich, kreischen und tanzen wild um ein loderndes Feuer. Sie bezichtigen sich gegenseitig. Jeder will den anderen mit seinen Straftaten übertreffen.

Dora weint um ihre Kinder und Johann. Willi Wilbers verflucht sie. Josef bittet um Vergebung für seine Sünden und kniet auf dem Boden, seine Hände zum Himmel erhoben. Maria steht da, ganz ruhig, mit geschlossenen Augen und schweigt.

Die Magd und der Hilfsknecht flehen um Gnade. Sie seien es gewesen, die den Anschlag auf Dora geplant und vollendet hätten. Sie kannten die Gier von Josef und haben ihn angestachelt, bis er zuschlug.

„Ich habe zugestochen", winselt Kuhn. „Ich war es. Ich! Ich hab sie erlöst."

Mit Johanns Messer habe er Dora getötet und dann ihr Geld genommen.

"Wir waren es!", schreit die Magd.

Niemand ist da, der ihnen die Beichte abnimmt. Der tote Johann sieht auf Dora. Seine Augenhöhlen sind leer, aber er erkennt sie durch seine Liebe. Er wusste nichts von dem Bösen um ihn herum.

Ich will mir den Traum einprägen. Dora lächelt, nimmt meine Hände und streichelt sie. Ich bin glücklich, denn die Täter haben sich mir offenbart. Alles ist aufgeklärt.

Als ich erwachte, hatte ich meinen Traum fast vergessen. Ich sah nur noch das Licht und Doras Gesicht.

Schemenhaft und langsam verblassend. Ich wollte zurückholen, was ich gesehen hatte. Ich versuchte es wieder und wieder. Mein Bett verließ ich nur noch selten. Auf der Suche nach meinem Traum.

Die Ärzte drängten mich, aufzustehen, weil ich mir sonst eine Lungenentzündung zuzöge. Ich aber blieb liegen, schloss die Augen und versuchte, weiter zu träumen. Hatte ich nicht die Lösung im Schlaf gefunden? Ich war ganz sicher, dass ich die Täter kannte, aber sie waren verschwunden. Es wäre so wichtig gewesen, sich zu erinnern, für mich und andere. Warum gehorchte mir mein Gedächtnis nicht mehr? Ich bekam starke Medikamente, um mich zu beruhigen.

Erst kürzlich, nachdem Gert alles aufgeklärt hatte, war der Traum wieder da. In der Nacht nach einer heiteren Therapiesitzung. Ich sah ihn als fiktiven Horrorfilm, der mich eher amüsierte als erschreckte.

Die Lösung des Kommissars

Gert Stratmann saß an seinem Schreibtisch und dachte nach. Stand die Lösung des Falles unmittelbar bevor? Nur noch ein kleiner Schritt? War Josef Leffers der Auftragskiller, dem ein von langer Hand geplanter Mord misslang? Wer waren seine Auftraggeber? Sie konnten nur aus der Bauland-Mafia kommen. Wahrscheinlich war es Franz Heisters selbst, der Leffers losgeschickt hatte. Jedenfalls suchte die Polizei jetzt den wahren Täter, wie es der Kommissar gerne ausdrückte. Stratmann war sich sicher: Jansen würde mit aller Gewalt jemanden finden wollen. Egal wen. Auch ohne den klaren Beweis. Der Kommissar war gerade in Schwung.

Wer kam dafür infrage? Vielleicht doch Egon Kuhn? Oder die Magd? Jemand, der Dora von ihren Qualen befreien wollte? Der es gut mit ihr meinte, aber das Falsche tat?

Hör auf zu spinnen und mach dir Sorgen um Andreas, dachte er.

Stratmann verspürte schon lange keine Lust mehr, eine Story zu schreiben. Sie würde eher traurig als spannend ausfallen. Nichts für seine Leser. Klar, er musste etwas zu Papier bringen. Schließlich war das sein Job. Vielleicht eine Dokumentation?

Das Telefon klingelte. Der Kommissar war am Telefon.

„Hallo Herr Stratmann, wir haben den Täter gefunden. Sie sind der Erste, dem ich es sage. Nach der Staatsanwaltschaft selbstverständlich. Die DNA- Spuren auf dem Messer stammen zweifelsfrei von ihm. Wir hatten die entsprechenden Proben veranlasst. Ein alter Bekannter der Polizei. Seine Akte aus den Jahren 1923 bis 1929 lag verstaubt in einem Archiv. Ein Praktikant hat sie zufällig gefunden. Die Stichwaffe, die unser Mann bei einer früheren Tat verwendet hat, war dort im Detail beschrieben. Sie war leider nicht mehr aufzutreiben. Die Beschreibung passt hundertprozentig zu unserem Asservat. Die gleiche Waffe. Er hat sie sich noch einmal anfertigen lassen. Ein Verrückter. Der Mann hat damals fünf Jahre abgesessen und ist dann verschwunden."

„Machen Sie es nicht so spannend! Wer war es?"

„Kommen Sie morgen vorbei, dann erfahren Sie es. Ich mache eine kleine Pressekonferenz. Sie sind herzlich eingeladen."

„Das ist unfair. Ich habe Ihnen mehr als alle anderen geholfen. Jetzt kann ich mir meine Exklusiv-Geschichte abschminken."

„So ist es eben. Ich bin der Öffentlichkeit verpflichtet."

„Damit ist der Fall für Sie beendet?"

„Noch nicht ganz. Wir sollten uns demnächst auf ein Bier treffen. Vielleicht bringe ich Neuigkeiten mit, die ich nur Ihnen überlasse. Sozusagen als Wiedergutmachung. Die Ermittlungen laufen noch."

„Ich möchte mit Ihnen über die Familie Gerlach sprechen. Wir müssen helfen."

„Ich bin dabei. Man sollte sie gelegentlich besuchen."

Stratmann war gespannt, was der Kommissar zu sagen hatte. Der leitende Staatsanwalt schickte eine Vertreterin, die aber schwieg. Jansen hatte das Publikum für sich. Er genoss die Situation sichtlich, denn es waren auch Kollegen von überregionalen Zeitungen erschienen. Aus welchem Grund waren die gekommen? Was steckte dahinter? Waren es Machenschaften seines Vaters, die er anderen Orts betrieben hatte und die deshalb die auswärtigen Rechercheure anzogen? War es der Wirbel um Dora, der sich auch anderswo herumgesprochen hatte? Die Beschäftigung mit alten Fällen war gerade angesagt, wie die Veröffentlichungen zu Vorgängen in den Internaten der katholischen Kirche in den sechziger Jahren zeigten. Wie auch immer: Die Kollegen würden sicher von dem enttäuscht sein, was der Kommissar ihnen vortrug.

Kein Wort zu Franz Heisters. Der Fall selbst wurde eher trocken abgehandelt. Jansen tat so, als habe er alles selbst aufgedeckt und betonte so ungewollt das Provinzielle der Angelegenheit. Die Überregionalen verdrückten sich rasch, noch vor Abschluss der Konferenz. Die Hiesigen blieben, aber niemand stellte eine Frage. Schließlich saß Stratmann mit dem Kommissar allein in dem großen Saal. Selbst die Vertreterin der Staatsanwaltschaft hatte sich zurückgezogen. Unbeirrt schilderte Jansen seine Sicht der Dinge. Aus Höflichkeit stellte Stratmann nun doch die eine oder andere Frage. Und der Kommissar fühlte sich geschmeichelt.

Noch am selben Tag brachte Gert den Ablauf in der polizeilichen Version zu Papier. Zu Dokumentationszwecken, wie er mir später sagte, und nicht zur Veröffentlichung bestimmt.

Es ist der 15. Februar 1965 frühmorgens und noch dunkel. Josef Leffers schleicht sich zum Stall des Hofes von Dorothea Duiffels. Vor der Stalltür sieht er einen jungen Mann stehen, den er nicht kennt. Er schlägt ihn mit dem Knüppel, den er mit sich führt, nieder, schiebt den Körper beiseite und öffnet vorsichtig die Tür zum Stall. Er hastet zu der auf der Pritsche schlafenden Dora und versetzt ihr mit dem Knüppel zwei gezielte Schläge auf den Kopf. Leffers kniet vor der Bewusstlosen nieder, schüttelt sie, dreht den Körper und stellt kein Lebenszeichen fest. Dann rennt er davon. Unterwegs verliert er seine Tatwaffe.

Er hält sich abseits des Weges. Der Schnee dämpft seine Schritte. Er sieht einen Schatten, einen Menschen, der sich langsam bewegt. Er hastet weiter und verschwindet in der Nacht.

Der Schatten, es ist Johann, der Knecht, bleibt stehen, schaut dem Flüchtenden kurz nach und setzt dann seinen Weg fort. Er geht in den Stall und spürt die Unruhe der Tiere. Etwas ist passiert. Im schwachen Schein der Lampe erkennt er Dora, am Kopf eine klaffende Wunde, die stark blutet. Er vernimmt einen Seufzer, leise und zittrig. Sein erster Gedanke: Ich muss helfen, meine Dora retten! Den Arzt rufen. Plötzlich kommen andere Gefühle in ihm hoch. Gefühle der Eifersucht, des Hasses und der Verzweiflung. Sie haben sich in den langen Jahren gegen sie angesammelt. Er zerrt sie ins Freie. Dann ergreift er das Messer, das er immer bei sich trägt und stößt es in ihren Körper. Zweimal sticht er zu. Dann hat er genug und lässt sein Messer fallen. Er legt sich auf Doras Pritsche im Stall und schläft ein.

Am nächsten Morgen ruft er die Polizei. Kommissar Versteegen mustert Johann mit kritischem Blick und glaubt ihm nicht. Sein Freund Johann sei zu einer solchen Tat nicht fähig, entscheidet er und schickt ihn fort.

Jansen war von seiner Version überzeugt. Zu veranlassen sei nichts mehr, hatte er erklärt. Versteegen habe Johann offenbar geschützt, sei aber naturgemäß nicht mehr zu belangen. Dasselbe gelte für die Täter Josef Leffers und Johann. Beide ebenfalls tot. Der Mörder sei ermittelt, der Fall aufgeklärt und damit beendet. Die Staatsanwaltschaft teilte seine Meinung.

Stratmann bezweifelte die Lösung des Kommissars. Niemand im Dorf, der ihn gekannt hatte, traute Johann die Tat zu. Wie Jansen auf die abwegige Idee komme, ihn als Mörder darzustellen, fragten die Leute. Aber ein Toter könne sich nicht mehr wehren. Ein herzensguter Mensch sei er gewesen, der denen, die in der schlechten Zeit nichts hatten, etwas abgegeben habe. Vor allem Milch, Eier und Gemüse. Er habe wenig gesprochen, aber viel Gutes getan. Dora habe nie etwas davon mitbekommen. Wenn sie es entdeckt hätte, wäre Johann vom Hof gejagt worden. Darin war man sich einig. Johann hatte Dora immer geliebt, trotz ihrer Affären. Völlig ausgeschlossen, dass er der Täter war. Dafür sei er viel zu weich gewesen.

War an den Gerüchten etwas dran? Gert nahm sie ernst und wollte weiter recherchieren. Er hatte noch keine Zeile über die Pressekonferenz veröffentlicht. Den Chefredakteur schien das nicht weiter zu stören, denn der alte Mordfall hatte ihn nie sonderlich interessiert. Er hielt ihn für unbedeutend. Objektiv gesehen hatte er wohl recht.

Trotzdem hätte Gert gerne Gewissheit gehabt. Schon wegen der möglichen Verwicklung seines Vaters. Außerdem war er ein Journalist, dem es um vollständige Aufklärung ging. Da machte er keine Kompromisse. Aber was sollte er tun?

Insgeheim wartete er auf ein Wunder, obwohl er zu realistisch war, daran zu glauben.

Der Todesbote

Ob er sich kurzfristig freinehmen und nach Duisburg kommen könne? Es gehe um Franz Heisters, seinen Vater, sagte der Mann am Telefon mit leichtem italienischen Akzent. Er müsse ihn unbedingt sprechen. Die Angelegenheit sei eilig. Stratmann kam die Sache nicht geheuer vor. Er wollte schon auflegen und die Polizei einschalten.

„Wenn Sie zur Polizei gehen, werden Sie nie mehr die Chance erhalten, mehr über Ihren Vater zu erfahren als das, was ohnehin jeder weiß. Als Journalist müssten Sie interessiert daran sein, ihn besser kennenzulernen."

„Welche Garantien geben Sie mir für meine Sicherheit?"

„Meine Gastfreundschaft. In meiner Familie ist ein Gast unantastbar."

„Soll ich etwa zu Ihnen nach Hause kommen?"

„Das wäre das Beste, denn da sind wir ungestört. Sonst wird niemand dabei sein."

Dann nannte er seine Adresse.

„Mein Name tut nichts zur Sache."

Stratmann überlegte eine Weile. Dann stellte er alle Bedenken zurück und sagte zu. Er war heiß darauf, noch mehr über diesen Kriminellen, der sein leiblicher Vater war, zu erfahren. Vielleicht tauchte er bei diesem Treffen selbst auf.

Gert hinterließ die Adresse des Anrufers bei einem Freund und bat ihn, die Polizei zu informieren, falls er sich innerhalb einer bestimmten Zeit nicht bei ihm melden würde.

Von außen wirkte das Haus bescheiden. An der Tür eine vergoldete Klingel. Mittels einer versteckten Technik wurde ihm geöffnet. Drinnen dominierte exquisite Eleganz.

Der Unbekannte begrüßte ihn betont herzlich. Stratmann schätzte ihn auf Mitte Siebzig. Gut gekleidet, vollendete Umgangsformen. Ein vornehmer Herr, der auf den ersten Blick einen sympathischen Eindruck machte.

„Bitte haben Sie Verständnis, dass ich Ihnen meinen Namen nicht nenne. Sie werden gleich verstehen, warum. Es wäre auch nicht gut für Sie, wenn Sie ihn kennen. Vielleicht später einmal. Ihr Vater und ich waren wie Brüder. Jetzt, wo er tot ist…"

Stratmann unterbrach ihn.

„Er ist tot? Das habe ich nicht gewusst." Er wunderte sich, dass ihm eine Gänsehaut über den Rücken lief.

„Ja, er hat sich erschossen, als die spanischen Beamten in seine Finca eindrangen. Die deutsche Polizei hat eine Nachrichtensperre verhängt, weil die Untersuchungen noch laufen. Sie wollen erst alles über ihn wissen, bevor sie an die Öffentlichkeit gehen. Seine Kontakte, seine Mitarbeiter, sein Vermögen. Das Übliche. Er wurde übrigens bereits beerdigt. Auf einem Friedhof nahe seiner Finca, falls Sie sich von ihm verabschieden wollen."

„Das wird nicht möglich sein."

„Ich wollte Sie jedenfalls gerne treffen, bevor die Polizei sein ganzes Lebenswerk zerstört."

„Was hab ich damit zu tun?"

„Ich denke, ich weiß, wie Sie das sehen. Er hat Sie immer verleugnet, nehmen Sie an. Das stimmt so nicht. Er wollte Sie nicht in seine Geschäfte hineinziehen. Als er Sie von seinem Grundstück jagte, hatte er die Polizei im Haus. Er hat Sie immer als seinen Sohn und Erben angesehen."

„Das glaube ich Ihnen nicht. Das ist doch Wahnsinn!" Stratmann stand auf.

„Bleiben Sie bitte sitzen und hören Sie mich an. Danach können Sie sich Ihr Urteil bilden. Tun Sie mir den Gefallen."

Stratmann setzte sich zögernd wieder hin.

„Ich danke Ihnen für Ihre Geduld", fuhr er fort.

„Wir, Ihr Vater und ich, waren wie Brüder. Wie ich schon sagte. Ich weiß alles über ihn. Seine Geschäfte waren meine Geschäfte. Wir waren in unseren Aktivitäten nie regional begrenzt, wie viele annahmen, sondern international ausgerichtet. In früheren Zeiten war einiges illegal. Das ist nicht zu bestreiten In den letzten zwanzig Jahren handelten wir als ehrbare Kaufleute. Wir haben Millionen gestiftet, hier in Duisburg, in meiner Heimat Italien und wo auch immer. Wir wurden respektiert."

„Warum hat er sich umgebracht? Wegen der sinnlosen Entführung von Frau Gerlach? Das war doch sicher in Ihren Augen eine Kleinigkeit."

„Eine Kleinigkeit, da haben Sie recht. Bei uns ist ausnahmsweise etwas schiefgelaufen. Jedenfalls hat uns die Polizei ordentlich unter Druck gesetzt. Ich entschuldige mich ganz ausdrücklich bei der armen Frau wegen der Entführung. Sagen Sie ihr das bitte. Zurück zu dem Grund seines Suizides. Der eigentliche Anlass war ein anderer: Franz hatte keine Kraft mehr. Die endlosen Verhöre, die auf ihn zukommen würden, wollte er sich nicht mehr antun. Und er litt darunter, dass er zu Ihnen keine Beziehung aufbauen konnte. Da kam einiges zusammen. Wir konnten ihn leider nicht davon abhalten."

„Warum hat er sich in der Sache Dora Duiffels so stark engagiert?"

„Das Niederrheingeschäft, das Sie kennen, hatte Ihr Vater nicht mehr nötig, aber er hing daran. Er wollte seine Freunde nicht im Stich lassen. Vielleicht wollte er auf seine Weise auch Ihnen nahe sein. Sie haben viel über ihn geschrieben. Er war stolz auf Sie, obwohl Sie ihn so hart angingen.

Jedenfalls hat die Polizei seine sentimentalen Gefühle ausgenutzt, um an ihn heranzukommen. Sie haben eine Sonderkommission gebildet, um ihn hereinzulegen. Der Kommissar, mit dem Sie es zu tun hatten, seinen Namen habe ich vergessen, also dieser Polizist kümmerte sich nur zum Schein um die Recherchen Ihres Freundes. In Wahrheit warteten sie nur darauf, dass Franz einen Fehler macht und sie ihn verhaften können. Was ihnen ja auch gelungen wäre, wenn er sich nicht auf seine Weise verabschiedet hätte."

„Interessant, das Ganze. Der Kommissar heißt übrigens Jansen. Sie werden bestimmt einen Grund haben, mir das alles zu erzählen."

„Er hat Ihnen sein gesamtes Vermögen vermacht, mein Junge."

„Das kann doch nicht wahr sein!"

„Doch, es trifft zu. Allerdings unter der Bedingung, dass Sie sein Nachfolger werden. Sie brauchen nur einzusteigen. Sie bekommen jede Unterstützung, die Sie benötigen. Die Entscheidung ist Ihnen freigestellt. Falls Sie mit unseren Geschäften nichts zu tun haben wollen, steht Ihnen eine großzügige Abfindung zu, von der Sie komfortabel leben können. Das Haus auf Mallorca erben Sie in jedem Fall. Sie können auch weiter schreiben, ohne jede Einschränkung."

„Sie machen Witze!"

„Es ist mir todernst. Ich habe Ihrem Vater versprochen, Ihnen dieses Angebot zu unterbreiten, falls er stirbt. Mein Versprechen halte ich. Sie haben eine Woche Bedenkzeit. Sie können ablehnen. Auch dann hätten Sie nichts zu befürchten. Sie stehen ab jetzt unter unserem Schutz. Zusätzlich wollte Franz Ihnen einen kleinen Gefallen erweisen. Das hat er mir wenige Minuten vor seinem Selbstmord gemailt. Er liefert Ihnen den wahren Mörder Doras aus. Sie können sich mit ihm im Haus Ihres Dorfpfarrers treffen, wenn Sie möchten. Sie werden erstaunt sein. Abschließend möchte ich betonen, dass ich mich sehr freuen würde, wenn wir Partner werden könnten. Sie sehen ihm sehr ähnlich."

„Der Termin beim Pfarrer geht in Ordnung. Aber ich bin nicht Ihr Junge!"

„Entschuldigen Sie. Tun Sie mir den Gefallen, denken Sie bitte in Ruhe nach. Es ist die Chance Ihres Lebens, denke ich."

Als Stratmann vor dem Haus des Unbekannten stand, kam es ihm vor, als habe er geträumt. Das waren doch alles Lügen, die ihm dieser Herr aufgetischt hatte. Wie sollte er sich entscheiden? In der Redaktion erfuhr er, dass Heisters tatsächlich tot war. Mehr sei noch nicht bekannt.

Eine Zukunft als Erbe des Großkriminellen Heisters? Mutter würde sich im Grab umdrehen.

Doch die Versuchung war groß. Mit der Abfindung könnte er sich seinen Traum erfüllen: Ein Leben als Schriftsteller. Nur eine Woche zum Nachdenken. Er war auf den Termin beim Pfarrer gespannt.

Die Wahrheit?

Der Mann aus Duisburg hatte sich bei Gert gemeldet und gefragt, ob er ihn abholen dürfe. Er habe sich entschieden, am Treffen beim Pfarrer teilzunehmen, weil er durch seine Anwesenheit für einen ruhigen Ablauf sorgen könne. Das Thema sei zu brisant, besonders für den Mörder. Gert hatte keine Einwände. In der Tat könnte sich die Situation zuspitzen. Daran hatte er auch schon gedacht.

Pfarrer Kleinloosen streckte er ihnen zur Begrüßung beide Hände entgegen und überschlug sich fast vor beflissener Freundlichkeit. Er schien den Mann aus Duisburg zu kennen.

„Grüß Gott, meine Herren und herzlich willkommen. Kommen Sie herein. Der Herr Bürgermeister ist auch schon da."

Weshalb nahm Wilbers teil? Wahrscheinlich in offizieller Mission. Der Pfarrer führte sie in sein Arbeitszimmer und verschloss die Tür.

„Damit wir ganz sicher sind, nicht gestört zu werden", sagte er.

Der Bürgermeister erhob sich und nickte ihnen wortlos zu. Dann setzte er sich mit den anderen an einen runden Tisch, der vermutlich eigens für dieses Gespräch aufgestellt worden war. Er passte nicht zur übrigen Einrichtung.

Der Mörder würde wohl noch kommen.

„Wir haben eine Kleinigkeit zum Essen und Trinken vorbereitet. Bitte bedienen Sie sich."

„Worüber sprechen wir eigentlich?", fragte Wilbers.

„Der Pfarrer tat so geheimnisvoll."

„Wir sprechen über einen Fall aus alter Zeit, der niemanden mehr interessiert, außer Herrn Stratmann und diesen - wie hieß er noch?"

„Andreas Gerlach", soufflierte der Pfarrer.

„Tun wir also den Herren den Gefallen und erzählen, was wir wissen. Der Chef wollte es so. Sie beginnen bitte, Herr Pfarrer."

„Es fällt mir nicht leicht. Ich muss mein Schweigegelöbnis beachten."

„Reden Sie schon!"

„In Gottes Namen. In der dunklen Zeit des Naziregimes kam es vor, dass ungewollte Kinder geboren und anonym ausgesetzt wurden. Einige dieser armen Wesen wurden adoptiert, die meisten kamen in ein Kinderheim. Ein solcher Fall hat sich leider auch in unserem Dorf ereignet. Ich weiß davon, weil mein Vorgänger, der selige Pfarrer Kirchhoff, damals ein vor der Sakristei abgelegtes Baby gefunden hat und es einem Heim anvertrauen musste. "

Er schaute Willi Wilbers verstohlen an.

„Es sei das Beste für das Kind, dachte man damals. Unsere Kirche hat den Weg des Kindes verfolgt und seine weiteren Stationen getreulich aufgezeichnet. Es gab gute Menschen, die uns die notwendigen Informationen gaben, weil wir das Kind gefunden hatten und sie mit unserer Verschwiegenheit rechnen konnten."

Der Pfarrer genehmigte sich eine Pause und wischte sich den Schweiß von der Stirn.

„Bitte weiter", forderte ihn der Herr aus Duisburg auf.

„Bitte nicht", jammerte Wilbers."Ich will das nicht hören!"

„Der Vater unseres Bürgermeisters, Adolf Wilbers, war sozusagen Willis doppelter Vater. Er war zunächst sein leiblicher Vater, der ihn mit Dora gezeugt hatte. Diese wiederum legte das Kind kurz nach seiner Geburt bei uns ab. Willi kam in das Heim und wurde nach einem Jahr adoptiert. Später adoptierte ihn auch sein leiblicher Vater, nachdem dieser seine Adoptivmutter in zweiter Ehe geheiratet hatte. Die Hintergründe des verwickelten Lebenslaufes unseres Bürgermeisters waren seinen Adoptiveltern nicht bekannt, jedenfalls nicht offiziell. Sein Vater Adolf hat vielleicht etwas geahnt, weil er manchmal in kleinem Kreis und zu fortgeschrittener Stunde entsprechende Andeutungen machte."

Der Pfarrer lehnte sich erschöpft zurück. Er hatte Schweißperlen auf dem Gesicht und atmete schwer.

„Woher wissen Sie das alles?", fragte Gert.

„Die Informationen aus unserer Gemeinde und eigenes Nachdenken haben uns die Zusammenhänge recht schnell erkennen lassen. Die Kirche hat aber immer dazu geschwiegen."

Willi Wilbers saß zusammengesunken da. Seine Augen waren geschlossen und er atmete schwer.

„Haben Sie davon gewusst?", fragte ihn Stratmann.

Wilbers schüttelte den Kopf.

„Doch, das hat er", sagte der Mann aus Duisburg ruhig. „Und er hat auch gewusst, wer seine Mutter war."

„Die Mafia hat es herausgefunden", jammerte Wilbers. „Die finden alles heraus, was sie wissen wollen. Dora war meine leibliche Mutter. Die verfluchten Pfarrer wussten es die ganze Zeit, haben aber erst geplaudert, nachdem sie das Geld bekommen haben."

„Es war für die Orgel", fuhr ihn der Pfarrer an.

„Diese Leute haben gesagt, dass sie mir helfen wollen, mich zu rächen. In Wirklichkeit haben sie mich benutzt, um an Doras Land zu kommen Sie haben mich aufgehetzt. Ich hatte so eine Wut auf diese Frau. Legt mich einfach ab wie eine nassen Lappen und macht sich davon. Ich hab sie manchmal auf ihrem Hof besucht und nichts geahnt. Stellen Sie sich das vor."

„Sag uns, wie du es gemacht hast.", sagte der Mann aus Duisburg ungeduldig.

„Ihr habt alles organisiert!", schrie Wilbers ihn an, sackte zusammen und ließ den Kopf hängen. Er weinte.

Nach einer Weile fuhr er, Stratmann zugewandt, fort. Es schien, als wolle er nun loswerden, was ihm lange auf der Seele lag. Er sprach in kurzen, abgehackten Sätzen, wie gehetzt.

„Die haben den Leffers vorgeschickt. Der sollte sie nur betäuben. Ich wollte sie abstechen. Vielleicht hat er zu stark zugeschlagen und sie schon getötet. Hat er ja immer geglaubt.

Dann bin ich hingeschlichen. Johann kniete vor ihr. Er starrte sie an. Hob seinen Arm mit einem Messer in der Hand. Warf es auf den Boden und rannte weg. Ich hab es aufgehoben und zugestochen. Mein eigenes Messer hab ich nicht mehr gebraucht. Das hab ich mit den Handschuhen vergraben."

Wilbers schluchzte in sich hinein.

Stratmann war sprachlos. Damit hatte er nicht gerechnet.

„Es war sein eigener Wunsch, es zu tun", sagte der Mann aus Duisburg mit Nachdruck. „Er wollte seine Mutter bestrafen. Wir haben nicht profitiert. Maria Leffers hat die Baulandpreise hochgesetzt, nachdem man ihr das Erbe zuerkannt hatte. Die Gewinnspanne war für uns danach uninteressant. Wir wollten nur helfen."

„Was haben Sie mit ihm vor?"

„Er gehört noch immer zu uns. Sollten wir ihn anzeigen? Und falls er verurteilt würde, bekäme er mildernde

Umstände. Wir haben für solche Fälle einen Topanwalt."

Gert Stratmann erhob sich wortlos und verließ den Raum. Er hörte den Bürgermeister winseln, der sich in eine dunkle Ecke des Raums geflüchtet hatte.

Wurde ihm das, was er gerade erlebt hatte, nur vorgespielt? Aber aus welchem Grund sollten sie ein solches Theater aufführen? Ein absurdes Theater. Nicht zu glauben.

Hatte der Kommissar mit seiner wenig überzeugenden Version doch recht? Stratmann fand keine Antwort.

Er würde nicht darüber schreiben, denn er war inzwischen, wenn auch ungewollt, zu sehr persönlich involviert. Er als Erbe seines kriminellen Vaters und unter dem Schutz der Mafia stehend. Wer sollte ihm da noch vertrauen? Wer sich mit der Geschichte Doras befasste, schlidderte in sein Unglück. Er wollte nichts mehr damit zu tun haben.

„Ich geb die Story meinem Freund Andreas zurück. Soll der sehen, wie er damit klarkommt!"

Diese Gedanken hat er mir später gebeichtet. Ich habe ihn verstanden. Er hat mir sämtliche Aufzeichnungen übergeben und sich aus meiner Schreiberei herausgehalten. Gert wollte wieder einfacher Lokalreporter sein. Von der kriminalistischen Arbeit hatte er die Nase voll.

Auf Anraten der Ärzte habe ich dann begonnen, meinen Bericht zu verfassen. Es war ein mühsamer und schmerzvoller Prozess, der nun fast beendet ist. Nur noch die Korrekturen. Die Arbeit habe zu meiner Gesundung beigetragen, sagt Anna. Auch ich habe den Fall nicht gelöst.

Manchmal kommt es mir vor, als sei alles nur ein böser Traum gewesen.

Epilog

Maria Leffers wohnt allein in ihrer Villa und ist häufig auf Kreuzfahrt.

Gert Stratmann sagt, ihm mache sein Job als Lokalreporter wieder Spaß. Von dem Herrn aus Duisburg hat er nichts mehr gehört. Wir besuchen uns gelegentlich.

Franziska Boskowitz hat ihren Besuch in Deutschland angekündigt. Sie teilt mit, dass Egon Kuhn gestorben ist.

Pfarrer Kleinloosen geht demnächst in den vorzeitigen Ruhestand.

Willi Wilbers hat sich wieder als Kandidat für die nächste Wahl des Bürgermeisters aufstellen lassen.

Käthe Schmitz ist einstimmig in ihrem Amt als Vorsitzende des Tierschutzvereins bestätigt worden.

Kommissar Jansen wurde planmäßig zum Hauptkommissar befördert. Der Fall Dorothea Duiffels wurde kürzlich abgeschlossen.

Ich habe Kommissar Jansen meinen Bericht vorab zur Verfügung gestellt. „Wo sind die Beweise?" und „Gibt es Zeugen?", fragte er. Damit konnte ich nicht dienen.

Mein gesundheitlicher Zustand hat sich inzwischen erheblich verbessert. Ich danke allen, die mich unterstützt haben. Vor allem Anna und Gert.

Manchmal vermisse ich Dora in meinen Träumen.

Danksagung

Mein Dank gilt der Autorengruppe UniKat, die sich im Verlaufe einer Seminarreihe Kreatives Schreiben an der U3L der Goethe-Universität konstituierte. Ohne die Unterstützung meiner Kolleginnen und Kollegen wäre mein Projekt nicht begonnen und auch nicht abgeschlossen worden.

Die Seminarreihe wurde von Astrid Hennies geleitet, der ich für die zahlreichen Hinweise und Ratschläge besonders danke.

Bei Frau Marga Härter aus Rheinberg-Orsoy bedanke ich mich für die Übersetzungen ins Plattdeutsche.

Irmgard Schuergers, Christine Vaternahm und Jule Schwachhöfer habe ich herzlich für das Lektorieren meines Manuskriptes zu danken.

Christa Semke-Böhm hat mich bei der Textgestaltung unterstützt – eine Arbeit, die weit über das übliche Maß hinausging. Danke!

Meiner Frau Christa und der Familie danke ich für ihre Unterstützung und Geduld bei der Realisierung meines Vorhabens, einen Kriminalroman zu schreiben. Ohne sie hätte ich es irgendwann aufgegeben.

Ich bin dankbar, dass ich es geschafft habe.

Frankfurt am Main, im Juni 2011

Gerhard Schrick

UniScripta

Außerdem erschienen bei Uni**Scripta**

Peter Luyendyk

UNTERBELICHTET

Ein Kriminalroman – nicht nur für Fotografen

Doris hat die Nase endgültig voll. Sie hasst ihren millionenschweren Gatten, der sie mit seinem Geiz noch in den Wahnsinn treibt. Das Ekelpaket muss „weg"! Doch wie? Sie beginnt Kriminalliteratur zu lesen, findet darin allerdings keine geeignete Methode, ihren Mann aus dem Weg zu räumen. Aber so schnell gibt sie nicht auf. In einem Zeitungsbericht über Selbstmörder, die von der Golden Gate Brücke in San Francisco springen, wird sie schließlich fündig. Sie schlägt ihrem Ehemann, der Hobbyfotograf ist, einen Ausflug zu den Klippen am Meer vor.

Nachdem die ehemüde Frau ihren Mann erfolgreich über die Klippen befördert hat, will sie nun endlich ihr Leben als steinreiche Erbin und lustige Witwe in vollen Zügen auskosten. Doch daraus wird leider nichts ...

Spannung pur und schwarzer Humor par excellence!

ISBN 978-3-942728-01-0

Irmgard Schürgers

KALTHERZ

Kriminalroman

Warum musste Lothar Meyer sterben? An einem eiskalten Februarmorgen wird er tot vor seinem Wohnheim in Frankfurt-Sachsenhausen aufgefunden. Er sitzt draußen an die Hauswand gelehnt in einer viel zu dünnen Jacke, gerade so als warte er auf jemanden. Alles deutet auf Tod durch Erfrieren hin. Aber es ist kein Unfall, und das Wohnheim ist kein gewöhnliches Wohnheim. Lothar Meyer war geistig behindert.

Katja Lehmann, die ermittelnde Kommissarin, sieht sich mit einem Fall konfrontiert, bei dem ihr die gewohnte Routine nicht weiterhilft. Nur langsam lernt sie, sich in die Welt der Behinderten hineinzuversetzen und ihre Sprache zu verstehen. Je mehr sie sich mit dem Fall befasst, umso mehr Ungereimtheiten fallen ihr auf. Erst ein weiterer Todesfall, der sie in eine völlig andere Szene von Frankfurt führt, bringt die Kommissarin auf die richtige Spur.

Ein Krimi, der spannend und eindringlich zwei Milieus der Mainmetropole schildert, die unterschiedlicher nicht sein könnten.

ISBN 978-3-942728-00-3

UniScripta

www.uniscripta.de

Wolfgang Ullrich

IM KREIS DER ZWÖLF APOSTEL

Kriminalroman

Der Roman spielt im Großraum Frankfurt am Main. Es ist die Zeit des Mauerfalls und gleichzeitig die Spätzeit der RAF. Als ein prominenter Bankenchef einem Attentat zum Opfer fällt, bekennt sich nach kurzem Schweigen die RAF zu dieser Tat. Aber gehören die Täter wirklich zu dieser Gruppe, die jetzt in der dritten Generation betont vorsichtig auftritt? Ist das der Grund, weshalb die Schuldigen so schwer zu fassen sind?

Was hat die weltweite Schuldenkrise der achtziger Jahre, die durch die leichtsinnige Kreditvergabe amerikanischer Banken ausgelöst wurde, mit dem Anschlag zu tun?

ISBN 978-3-942728-03-4

Chris Böhm

DER LETZTE BESUCHER

Kriminalroman

Helen und Sabine, früher Arbeitskolleginnen, haben sich seit Jahren nicht mehr gesehen. Als sie sich zufällig eines Tages in Frankfurt beim Einkaufen in der Kleinmarkthalle über den Weg laufen, ahnen sie nicht, dass es ihre letzte Begegnung sein wird, denn kurz darauf ist Sabine tot.

Oberkommissar Ulrich Becker glaubt an ein Beziehungsdrama und sucht den Täter in Sabines Umfeld. Aber wo ist das Motiv? Da ist der Exmann der Toten, der inzwischen wieder geheiratet hat. Auch Stefan Winter, ein Freund Sabines, gehört zum Kreis der Verdächtigen. Und was hat Helen Bergmann mit dem Fall zu tun? Alle Spuren enden im Nichts, bis Becker eines Tages dem geheimnisvollen letzten Besucher der Toten Aug´ in Auge gegenübersteht.

Zwei Frauen, zwei Schicksale...

ISBN 978-3-942728-002-7

UniScripta

www.uniscripta.de

Karin Rödder

SOS – TOD AN BORD

Kriminalroman

Hannes Hansen ist Offizier auf einem Kreuzfahrtschiff. Getrieben von Machtgier und krankhaftem Ehrgeiz hat er nur einen einzigen Wunsch: Er möchte endlich Kapitän werden. Als sein Rivale Jörg Orlau ihm vorgezogen und zum Kapitän befördert wird, schreckt Hansen vor keinem Mittel zurück, um sein Ziel doch noch zu erreichen.

Auf einer Reise um die halbe Welt spitzt sich der Konflikt zwischen den beiden Männern immer mehr zu, bis es schließlich zur Katastrophe kommt.

ISBN 978-3-942728-04-1

UniScripta

www.uniscripta.de

Demnächst neu bei Uni**Scripta**

Jule Schwachhöfer
TOD IN DER WETTERAU
Kriminalroman

Der seit vielen Jahren in Deutschland lebende Kroate Josip Galic wird tot aufgefunden. Brutal ermordet. Abgelegt auf einer Koppel nahe der A5 bei Friedberg. Familie, Freunde und Kollegen sind fassungslos. Unvorstellbar, dass er Feinde hatte! Die Kripo Friedberg ermittelt fieberhaft in viele Richtungen. Führte der Mann ein Doppelleben?

Ein Kriminalroman frei nach einer wahren Begebenheit.

ISBN 978-3-942728-07-2

Monika Hoßfeld
VERGESSENE KINDHEIT
Kriminalroman

Was geschah im Keller von Giselas Elternhaus? Die erfolgreiche Bankkauffrau wird nach einem Fortbildungsseminar in Stuttgart mit längst verdrängten Erlebnissen aus ihrer Kindheit konfrontiert. Ihr geregeltes Leben gerät aus den Fugen. Als sie wieder zurück in Hamburg ist, erkrankt sie und sucht Hilfe in einer Psychotherapie.

Währenddessen ermittelt die Stuttgarter Kriminalpolizei in einem ungeklärten Todesfall und stößt auf Hinweise, die dem Fall eine unerwartete Wendung geben und Giselas Erkrankung in einem völlig neuen Licht erscheinen lassen.

ISBN 978-3-942728-06-5

Uni**Scripta**
www.uniscripta.de